U0115406

林靜茉 著

國文課程的古典與創新
感受學習法的理論與實踐

目次

第七章　結語　感受學習法的理論與實踐

第一章　緒論
關於國文課程的古典與創新

一 國文課程的功能何在？

　　近十多年以來，「大一國文」承受著通識化、語言化的聲浪壓力，「國文無用論」也就在講究專業、著重效益、講求量化的知識經濟概念浪潮中載沉載浮……。作為長年在此園地耕耘的教學者而言，實難捨棄這一脈關於文化傳承、人格培育的責任感，它總在心理作祟、汩動著……。這些年來，一直與這樣的危機共存，也不斷想寫一些關於搶救或守護的「某種」、「某個」對象，想把這個「對象」說得清楚些、具體些，讓大家明白，國文課程究竟能夠為變動不拘的潮流與教育改革聲浪，提供什麼樣的貢獻、發出什麼樣的聲音？這是筆者撰寫本書的初衷。

　　二〇一一年以來，教育部推動「全校性閱讀書寫課程推動與革新計畫」，以生命教育作為國文閱讀書寫的主題，強調「以學生為中心」的教學理念，設計小班制授課形式，企圖透過閱讀書寫與生命教育結合的方式，將國文課程導入生命關照與生活化書寫的實用範疇，以打破國文課程非實用、非專業的刻板印象為目標，營造國文課程與閱讀書寫畫等號的橋樑。迄今為止的四個年頭，也已經取得一定的成效。今年，二〇一五年，教育部也將延

續先前的計畫目標，繼續推動為期三年的國文閱讀書寫計畫，這可說是難得的國文教育盛事，值此盛事，筆者也樂於附驥尾而顯志，寫一點有關於個人的教學、研究心得。這是撰寫本書的動力之二。

　　其三，回首二十世紀，是知識經濟高度發展的時代[1]，這股以知識與資訊獲取高額利益的狂潮，仍然在本世紀挾著「全球化」面貌，席捲經濟市場。然而，也拜全球化之賜，知識與資訊的普及化，新興經濟體人才輩出，過去以知識結合資訊的經濟思維，已然漸次過渡到以感性作為消費訴求的感性時代[2]。換言之，人才的培育不再限於知識與資訊的範疇，還有一種有別於知識、資訊等左向能力的右向能力，這種右向能力係以「感受」作為基礎，結合右向能力所發展的全腦能力，這種全腦能力，主要指的是高感性（High Concept）與高體會（High Touch）能力，換言之，高感性與高體會能力，將成為本世紀人才培育的核心指

1　根據經濟合作與發展組織（OECD）一九九六年於一份《以知識為基礎的經濟》的報告中指出，「知識經濟」是指「以知識資源的擁有、配置、產生和使用，為最重要生產因素」的經濟型態。參考國家發展委員會網站 http://www.ndc.gov.tw/。

2　平克（Daniel H. Pink），查修傑譯：《未來在等待的人才》（*A Whole New Mind*）（臺北市：大塊文化出版公司，2006 年）。

標[3]。高感性與高體會能力，這樣的人才培育，需要國文課程，特別是融入生命與人格教育的國文課程。為因應轉型中的巨變潮流，筆者著力於觀察、省思這股轉型巨流對於教學實務的沖擊，並致力於教學理論的研究，提出「情境感受學習圈」作為教學實務的應用，並將研究理論名之為「感受學習法」。研究理論的提出，乃希望國文課程既能保存古典人文精神，又有簡明易操作的創新方法，是筆者撰寫本書的動力之三。

二　檢視現行國語文教育的目標

教育部推動「十二年國民基本教育實施計畫」，其在「提升國民素養實施方案」聲明中指出：國民素養方案更強調整合性的知識，以及解決真實問題的習慣與態度[4]。實施方案中明列語文、數學、科學、數位、教養（美感）等五大素養。根據方案名稱，吾人推想：語文、教養（美感）等兩項素養應該與國語文課

3　同注 2。

4　參見教育部提升國民素養實施方案網站 http://literacytw.naer.edu.tw/about. php。教育部提升國民素養專案辦公室製作：《教育部提升國民素養專案計畫報告書》，2013 年 10 月。

程是相關的，但細讀內容，卻未能找到關於上述兩種「素養」對於培育生命人格的說明。語文素養內容提到：「語文作為溝通表意的語言符號」[5]，而且將中文素養與英語素養及第二外語等同並列，都成了「溝通表意的語言符號」。至於文化內涵與價值觀傳承等等，已然讓位，甚或交給了數學素養[6]。這些現象顯示，十二年國教培育出的中文語文素養，將與過去我們所認知：負有生命人格教育、文化傳承的國文課程目標，有所不同。

然而，國文課程單純為溝通表意的語文教學，是否真能面對全球化人力素質全面提升的競爭？根據《教育部提升國民素養專案計畫報告書》提到[7]：人文涵養在國際評比裡，我國學生對學科知識呈現負面態度，與教學現場的運作歷程有一定的關聯性。

5　「語言的符號系統，如語言的語音、字形、詞彙、語法等元素，尚有功能性的內容。如一個人透過語文與其他個人、團體共處與溝通的能力。」參見教育部提升國民素養專案辦公室製作：《教育部提升國民素養專案計畫報告書》，頁 9。

6　「在界定數學素養時，不應僅從數學本科知識的立場審視問題，而必須從整體性的視角，釐清相關的核心數學素養，以期成為人格發展的基礎。」參見教育部提升國民素養專案辦公室製作：《教育部提升國民素養專案計畫報告書》，頁 18。

7　參見教育部提升國民素養實施方案網站 http://literacytw.naer.edu.tw/about.php。教育部提升國民素養專案辦公室製作：《教育部提升國民素養專案計畫報告書》，2013 年 10 月。

關於這一點，確實存在此種現象。但是，如果只因為教學現場運作問題，而降低國語文功能，只作為溝通表意的語文符號學習，而生命人格教育的目標，在教養（美感）說明中也未見著落，試問，沒有了生命人格素養，教育就好比造就多功能的機器，機器再好，也只是機器，沒有情意、沒有感受、沒有創意，如何能夠培養高品質的溝通能力？更遑論抽象化的思考能力[8]？

　　國語文課程，似乎可以在十二年國教的語文素養以及教養兩項能力指標，扮演更積極的角色，它可以從「感受學習」課程設計裡，培育生命與人格教養的園圃，在大學階段，感受學習深化，國文課程與人文素養接軌，人才大樹的根部直立、深化，則專業知識的學習、技能的精進，乃至良好工作態度的養成，這樣

8　根據教育部提升國民素養專案辦公室製作：《教育部提升國民素養專案計畫報告書》，頁6，所引Murnane（2008）的研究顯示：從一九六九年到一九九八年，需要專業思考、複雜溝通的工作不斷增加，規則性思考以及規則性的手動操作工作不斷降低。抽象化的思考能力，以及與他人溝通的能力，是未來工作所需求的素養。抽象化的思考依賴基礎的數學以及科學訓練，語言則是與他人溝通的基本素養，透過科技則能夠提高問題解決以及溝通的品質。如何提升各素養的知識、技能與態度，決定了一個人在未來社會的生活福祉以及工作生產價值。

筆者以為：提升各素養的知識、技能與態度，關鍵在於「感受學習」，特別是國語文課程的「感受學習」。

的大樹骨幹能夠穩固，枝枒、果實也就能夠蓬勃開展了。

　　基於這樣的思維，筆者在國文課程倡導「情境感受學習圈」，並且提出「感受學習法」理論，針對國文課程的特色與功能，說一些具體表現以及可操作的方法。

三　國文課程的情境感受學習

　　「情境感受學習」強調「感受」，從「接受學習者全部」的概念出發，把握人性本質，在人格基礎上紮根，培育具備感性特質的人才。這種教育方法，目的在提升「意識」品質[9]，意識品質的提升，同時也是人文素質的提升、創造力展現的契機。情意教育是培育優質人才的基石，這是「情境感受學習圈」的設計理念，是一種以培養「感受能力」為核心價值的「感性」教育。相

9　有關「意識」在人類學習扮演的角色，近年來已在腦神經科學、物理學、生物學以及心理學取得正向的肯定。參見卡普拉（Fritjof Capra）著，朱潤生譯：《物理學之道——近代物理學與東方神祕主義》（北京市：中央編譯出版社，2012 年）。安東尼奧・R.達馬西奧（Antonio R.Damasio）著，楊韶剛譯：《感受發生的一切——意識產生中的身體與情緒》（北京市：教育科學出版社，2007 年）。羅伯特・藍札（Robert Lanza）、鮑伯・伯曼（Bob Berman）著，朱子文譯：《生物中心主義》第 18 章〈意識之謎〉（重慶市：重慶出版社，2012 年）。

對於將語文教育視為「溝通表意的符號」,「感受學習理論」,則希望導正國文課程向符號性、功能性傾斜的方向,回歸其作為生命人格教育的本質性道路。

　　換言之,無論是教養還是素養,應以培養感受能力為核心,教養與素養相互融攝、涵蘊,這樣養成的人才,更加具備自主性與自發性,可以具體有為、可以容忍挫折、可以創造發展,能成為國家競爭力的正向力量。

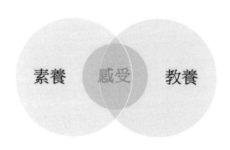

感受與教養、素養的關聯圖

四 國文課程與基礎語文

　　國文在大學課程中列於通識教育，如果被定義為基礎語文，其實是矮化了國文課程的功能。「語文」的作用，絕不僅於傳達、溝通訊息的符號而已[10]。實際上，特別是這些年來，吾人授課的經歷與經驗，深切體會國文課程換胎為「基礎語文」的困境，有心人士指出：「漢字降格為符號，語存義失，詞興字亡[11]。」這些話又特別指向：傳統經典作品的精髓沒有被正向傳播的現象。事實上，傳統經典作品所使用的語言，其承載的概念，甚且是通向「智慧」的「介面」。因為，「智慧」，乃以生命人格教育為基礎，是認識「真實價值」的重要能力[12]，如果我們將國文定義為：「作為通向智慧的語文概念」，是否更能契合國文課程目標？因此，吾人期望，結合生命教育設計國文課程，以

10　「語言的符號系統，如語言的語音、字形、詞彙、語法等元素，尚有功能性的內容。如一個人透過語文與其他個人、團體共處與溝通的能力。」參見教育部提升國民素養專案辦公室製作：《教育部提升國民素養專案計畫報告書》，頁9。

11　朱邦復：《智慧學》（臺北市：商務印書館，2012年），頁5。

12　朱邦復：《智慧學九論》（臺北市：商務印書館，2008年）。〈自序〉：「智慧是指人類對宇宙萬象認知及處理的能力……人與智慧之間唯一的介面，正是『語文概念』」。

及運用「情境感受學習圈」的學習方法，能為前揭之國文課程目標，盡一分心力。

五　感受能力與人格養成

感受，包含身體與情緒的所有感知、感覺。感受（feel）不等於情緒（emotion），但是，感受往往從感知情緒中得到訊息。從感受到感受能力，從感受能力到感性，這是一段經過培育與學習的歷程。

感受（feel）→感受能力（sense）→感性（sensibility）

其中，感受能力（sense）又可稱為意識[13]，因此，感受能力的培養，也與意識提升密不可分。將意識提升至內在的心靈能力（power），不依賴外力（force）[14]，這是一條既新穎、又古典的

13　參見注 9，安東尼奧‧R.達馬西奧（2007）。

14　參見大衛‧霍金斯(David R.Hawkins)「意識能量地圖的對數」，蔡孟璇譯：《心靈能量——藏在身體裡的大智慧》（臺北市：方智出版社，2014 年）。在意識能量地圖的對數，表現 200 以上水平，譬如：對數 200 表現「勇氣」等級，情感表現為「肯定」，生命觀點表現「可行的」。（頁 48、93）「勇氣」

學習之路。說它「新穎」，是因為西方掀起一陣關於內在能力的研究與體驗風潮；說它「古典」，因為中國經典文化走的一直都是這條道路。

六　情境感受學習圈

現在，我們談到教師如何操作「情境感受學習圈」。首先，我們要認知到「情境感受學習圈」的「圈」的意義。圈，代表學習是循環的，「圈」的核心是學習者的感受中心；在課堂上，教師也是互動學習者，也具有核心感受中心，這樣的「情境感受學習圈」可以有效地運轉起來。更重要的是，教師必須先成為「吸引子」[15]，讓課程特色化、情意化。也就是說，教師如能將課程內容深化於心，再以「語言」、「文字」傳達給學員，這樣的訊

這個等級「代表了嘗試新事物、處理生命中的改變與挑戰的意願。在這個賦能的等級，一個人能夠面對並有效處理生命中的機會。」（頁 106）對數如果提升到 250，表現「中立」，人們不再死守意識型態、非黑即白的二元對立兩極化立場，「中立的狀態是從浪費能量的圍籬或對立中提升，……這是內在自信的開始，察覺到自身的力量，一個人便不會輕易受威嚇，或覺得必須努力證明什麼。」（頁 107-108）

15　參見第四章「隱藏版教師」（頁 122-125），以及第七章注 5（頁 217）的說明。

息，便具有了「情」境。情境語言，其訊息傳播讓學習者有了「感受」，學習者啟動感受之心，課程有了互動，課程氣氛能形成「圈」，互動、互轉，「情境感受學習圈」便有了「特色」化，即：個別班級、不同教師、不同課程單元，都能產生不同的特色成果，這樣的「感受學習法」就是成功的。因此，教師如能認知：

　　　　進入課堂，本身就是一件「大事」。

有了這樣自我期許的心以及作為「吸引子」的準備，學員通常會有所「感受」，感受到教師對學員發出邀請學習的訊息，則學員也會「收到訊息」，將自己放入學習的核心位置，「情境感受學習圈」因而能順利互動運轉。

　　至於我們常聽到教育改革傳播「以學生為中心」的資訊，筆者以為，是否可以解讀為：「以學生學習為中心」，而不是學生本位。換言之，教師成為「隱藏版」角色，而不是將主導權交給學生。因為「學習」本身是認知、感受、思考等一段豐富的歷程，絕非交給學生操作表演。更深刻地說，「情境感受學習圈」還希望學習者能透過個人或團體的經驗轉換，以提升意識，達到

具備「素質」的要求水平。因此，教師須注意把穩「以學生學習為中心」原則，以及有效處理課堂現場變數[16]，使「情境感受學習圈」維持正向運作。

七　古典與創新的意義

作為中文的「語言」概念，中國人認為：「語言」是意念的「花」，本身並沒有獨立實存的地位，莊子說：「名者，實之賓也。」又說：「言隱於榮華」[17]，就是強調「語言」必須依附於「意念之真實無偽」而表現。古人將「立言」放在三不朽之後，也是避免語言功能凌駕於生命人格（立德），以及為社會建功立業（立功）的價值之上，因此，語言的價值，在傳統文化中都遵循著「非修辭化」的約束，我們常說的：「修辭立其誠」，也是這個意思。但是，在西方，「修辭」卻是備受重視的。西方的「修辭」（rhetoric）含有詭辯之意，與我們對於語言文學的概念，是

16　課堂現場出現非預期性變數，比如學員因學習而引動的情緒，也會感染課堂氛圍，教師在第一時間快速處理是最好的策略，這樣可以讓課程順利運行；如果無法當場處理，課後單獨晤談，也是好時機。總之，重視學員學習情緒、處理情緒，也是「以學生學習為中心」的重要原則。

17　分別出自莊子〈逍遙遊〉、〈齊物論〉。

兩條不同的發展線[18]。近年來，流行「新媒體」（new media），有所謂的「數字修辭」（digital rhetoric）、口語傳播、視覺傳達、書面溝通等等，「文化」被扁平看待、生活化取代生命化、國文退位成為溝通表意的語言符號……，種種在風潮轉型中衍生的紛雜萬象，或許是對於中、西方語言文學概念錯置所生，也許還受全球化經濟效益迷思影響，而將傳統古典精華「以人為本」的人文精神捨棄，豈不可惜。因此，筆者想要把國文課程承擔的教育功能，說得更清楚些：它與「語言符號的認知與傳播」有別，而是「語言作為向內感受的中介」，如果目標說得高遠些，則是：「作為通向智慧的語文概念」。當然，要讓學習者領受這樣的高遠目標，還有一段長遠的路。但是，可見的未來，中文應該會有很大的創意榮景，包括在電腦語言、網路傳播、智慧語言等等方向的發展。學好國文，可以培育健全的人格、生命；可以提升為感性能力綜理萬端；也可以創造豐富的經濟效益。作為一個傳授國文課程的教師，實應以正面、積極之熱情，勇於任事，將國文教得「是」、教得「好」、教得「有用」，為「中文之大用」，盡基礎打樁之功。

18　亞里斯多德的修辭學（rhetoric），影響西方修辭系統的發展。修辭學，也稱「辯論法」、「雄辯術」，有華麗的文詞、詭辯之意。

本書內容包括二篇創新教案[19]、一份調查報告[20]、二篇古典理論[21]。本書的思維脈絡是：從「情境感受學習圈」出發，說明其在課程的設計、運用、實踐，並且完成了以「感受學習」為成果評量的調查報告；此外，古典理論二篇，係以莊子思想為基礎，為「感受學習法」提出理論依據，同時也說明，感受學習法是一種本質性的把握，透過「感受」能力的培養，它能有效地強化學習者的動機；從接受「人的完整性」開始，它是一段向生命本質回歸的真實道路，也是一條提升意識、提升生命高度的永恆之路。本書第七章結語，設計了「情境感受學習圈」四問四答，還有國文課程培養「感受能力」的簡易要領，希望能清楚表達「感受學習法」有用的、好用的功效。

19　創新教案，分別是第二章、第三章，論文發表於第一屆（2011 年 6 月）、第二屆（2012 年 6 月）「全國大一國文創新教學研討會」，並於 2015 年 2 月出版。〔《致理技術學院第一屆全國大一國文創新教學研討會論文》（新北市：致理技術學院，2015 年 2 月），《致理技術學院第二屆全國大一國文創新教學研討會論文集》（新北市：致理技術學院，2015 年 2 月）〕

20　調查報告，論文發表於第三屆（2013 年 6 月）「全國大一國文創新教學研討會」，未出版。新教案及調查報告原篇名，見本書第七章頁 213。

21　古典理論，曾於 2010 年 7 月「品藝人生研討會」以〈藝術心靈療癒人生——從《莊子・養生主》的教學心得說起〉發表論文。未出版。本書重新整理改寫成古典理論二篇，分別是本書的第五章、第六章。

第二章　創新教案一
「愛身」課程設計的理論與實務

摘要

因應本世紀全球化感性時代的來臨，作為語文教學的國文課程，必須改變思維，擬定一套符合新世紀新需求的教材教法，培養學習者適應時代的變化。這個思維，即：課堂教學以學員為中心、教學目標強調學員個別的體驗與感受，方法是：選擇教材須考量學員學習背景、設計單元課程、小班教學、重視學員整體性的回饋與分享等；教學成果表現在閱讀與書寫，包括：培養閱讀能力、能作情意性的書寫等。在這個思維架構下，我們試圖引入體驗式學習活動的方法與精神——以學員為中心，強調學員的體驗與感受——導入於國文教學，將活動導入於課程，讓學員在聽、說、讀、寫之外，還有身體的感覺，藉以活化語文課程，培養學員的深度感受，達到感性能力與開發創意的目的。

本文分為五節，前言敘述「國文教學以體驗式學習導入的設計目的」，第貳節闡述「體驗式學習導入的教學理念」，並以附圖「情境感受學習圈」說明之，第叁節以「『愛身』課程的設計與操作」為題，說明課程實際的進行與操作，第肆節以「國文教學的生活化與生命化」為題，講國文教學的核心價值，第伍節結語，談及「教

學成果以及可能遭遇的問題」。

關鍵字：國文、體驗式學習、生命教育、身體、感性

壹　前言

　　從教學生命活動的高度看，教學是一種師生共同以生命投入而構築的生動豐富的生活。現代教學更關注的是師生在課堂教學中的生活形態、生命價值、生存方式、情感心理及其發展，這就要求教師在課堂教學中更要注重教學生活化問題。教學的重心由「教師教」轉移至「學生學」，體驗學習是過程，不是結果[1]。何謂「體驗式學習」？體驗式學習指的是人在實踐活動中，通過反復觀察、實踐、練習，加上思考與總結，最終學到新知識，掌握新技能，乃至形成某些情感、態度、觀念的過程。總的來說，凡是以活動為開始的，先行而後知的，都可以算是體驗式學習。體驗式學習與傳統訓練的最大區別在於後者以教師為中心，而前者以學員為主。

　　筆者試圖以體驗式學習導入於國文教學，將傳統國文教學以教師授課為中心的課程型態，轉變為以學員為中心的課程型態。依此，筆者分別以課程主要特色、目標設立、教學歷程、教學成果、適用範疇、班級人數等六項對照說明，傳統式國文教學與體

1　陳麗萍：〈淺談課堂教學生活化〉，《廣西社會科學》，2003 年第 2 期，頁184-186。

驗式導入的國文教學兩者的不同。

傳統國文教學與體驗式學習導入國文教學對照說明表

	傳統國文教學	體驗式導入的國文教學
主要特色	以教師為中心的國文教學	以學員為中心的國文教學
目標設立	篇章的認知與吸收	每位學員的體驗與感受
教學歷程	認知→記憶→分析→感受→書寫	┌→體驗→感受→分享回饋┐ └分享回饋←書寫←閱讀←┘
教學成果	知識累積	情意性表現
適用範疇	經典	單元設計選篇
班級人數	大班	小班

表列左方傳統國文教學，右方體驗式導入國文教學，茲依上

表所述的六項來說明：

1. 體驗式導入的國文教學與傳統國文教學最大的不同是，前者改變了過去以教師為中心的教學型態，變成以學員為中心的教學型態；

2. 目標設立與定位，重視學員對於整體課程的體驗與感受，而不再強調單一的篇章認知與吸收；

3. 在教學歷程方面，傳統教學歷程可能是單向的，從感受到書寫，學員可能需要搜尋過去累積的知識庫，提供書寫素材，學習者常有「書到用時方恨少」、感嘆「肚子裏沒有墨水」，永遠趕不上優秀者的卑微感。體驗式導入的教學歷程，導入活動體驗、分享與回饋，著重學員個別的感受，篇章選擇與書寫設計，須和單元主題扣合，學員從感受到書寫，可能被允許書寫個別的感覺與感受（有時是當時情境），而不是表現學識豐富與概念分析，由於每個步驟目標都指向學員感受，以感受為中心，所以教學歷程可以往復操作，形式是循環的，學習者從自身體驗與感受出發，用多元的方式表現（分享、活動、閱讀、書寫等等），學習者可以表現不同能力，讓學習者在某一點上建立自信，發展自我特色，學員上起課來較不會有卑微感；

4. 在教學成果方面，傳統國文教學強調知識累積，理念側重「知識就是力量」。體驗式導入的國文教學著重情意性表現，強調生命教育，體會生命獨特性、價值與意義，理念著重於「感性能力的開發」[2]；

5. 在適用範疇方面，傳統國文教學適用於經典教學，由於經典的超時代性，需教師以豐富的學識學養詮釋之。體驗式導入國文教學適用於單元主題式的設計篇章，篇章選讀以學員總體特色為方向，學員的國文程度、家庭背景、價值觀等等都在課程設計考量之列；

6. 在班級人數方面，傳統國文教學可以開立大班。體驗式導入國文教學以小班為宜，因為引導者須照應全部學員，人數在四十人到三十人為佳，少於二十人則不利於分享與回饋的團體學習。

　　基於上述分析，筆者認為，兩種教學方式都可以適用於國文教學，沒有哪一種優於哪一種，標準在於：合時代需要、有利於

2　認知能力、理性能力與感性能力，是人類學習能力的三大領域。本文中所說的感受屬於感性能力範疇，它以情感連結人類的感覺，加上認識與思考，融合為感受。在層次上，感受可以提升為感性能力，思考可以提升為理性能力，認識可以提升為認知能力，三者又彼此交融，互相涵攝。我們所說的生命感、生命意義：屬於感受、感性能力。

學員能力培養、提升人文素質,不拘泥,相互為用,就是教學良方。

其次,我們從時代趨勢來看,為什麼國文教學需要以體驗式學習導入?相對於上世紀知識經濟時代,強調知識就是力量,重視理性、分析、邏輯能力的風潮,已發展到了高峰,如今,世界風潮已經轉向,具備高感性(High Concept)與高體會(High Touch)的能力,將成為這個世紀的新寵,高感性能力指的是:能夠觀察趨勢和機會,創造優美或感動人心的作品,編織引人入勝的故事,以及結合看似不相干的概念,將之轉化為新事物的能力;高體會能力指的是:能體察他人情感,熟悉人與人的微妙互動,懂得為自己與他人尋找喜樂,以及在繁瑣俗務間發掘意義與目的的能力。綜合這兩種能力的人才,他所可能具備的能力將是:創造力、整合能力、具備同理心以及能為事物賦予意義等等[3]。從這個趨勢角度來看,作為閱讀與書寫訓練的國文教學,適當地引入「體驗式學習」,將傳統以教師為中心,轉換為以學習者為主角,嘗試換位學習,以活動體驗引導學習者經驗與篇章情境連結,經由閱讀、書寫、分享、回饋交互運用,達到融入生

---

3 平克(Daniel H. Pink):《未來在等待的人才》(*A Whole New Mind*)(臺北市:大塊文化出版公司,2006 年)。

命情境,感知生命意義,最終能轉化學習慣性,就內化而言,學習者能體悟生命的獨特性,能賦予生命意義;就外展而言,能開發潛能,發揮創意。

我們希望,國文教學在語文學習的基礎上,能培養一般學習者具備正向的感受(約 70%),進階是感性能力、體會能力(約 27%),高階者具備創造能力(約 3%)[4]。換言之,以體驗式學習導入的國文教學理念是:從情意著眼,培養觀察、感受,探索與發現感性源頭,提升閱讀興趣,使書寫具備意義化、價值化,最終能融入生活與學習,更高階者,可以達到體悟境界,啟動生命動能、開發潛能、發揮創意。

過去我們在教國文時,常引用古人所說:「修辭立其誠」,強調學習語文的核心價值在於「誠」,「誠」,就是生命的動力與意義,能觸動生命意義的國文教學,就是合於時代需要、有利於學員能力培養、提升人文素質的良好教學法。我們用簡易的俗說來講,當我們用眼睛看,能記憶 10%;用耳朵聽,能記憶 30%;用身體經歷,能記憶 80%;當我們用心去感受,將能收納無限……筆者試圖以這樣的概念來寫這篇論文,希望能夠說說用

4　有關學員的學習效益評估,將設計問卷針對學習前與學習後評量之,取得明確數據。此處係筆者預估數字。

身體經歷、用心去感受的教學可能性，也希望先進不吝給予指教。

貳　體驗式學習導入的教學理念

　　凡是以活動為開始的，先行而後知的，都可以算是體驗式學習。體驗式學習，主要的教育哲學以及理論架構，是整合教育家杜威（John Dewey）的「做中學 learning by doing」、社會心理學家黎溫（Kurt Lewin）的場地理論（field theory），以及庫伯的「經驗學習圈（The Experiential Learning Cycle）」和認知心理學家皮亞傑（Jean Piaget）的「認知發展論 Theory of Cognitive Development」以及其他學者理論，形成學習架構。從實務課程操作來講，它是透過個人在人際活動充分參與中，獲得個人的經驗，然後在訓練員引導下，成員經過差異化過程觀察反省與對話交流中，獲得新的態度信念，並將之整合運用於未來新情境的解決行動方案或策略上，達到目標或願景。體驗式訓練方案版本甚多[5]，我們的國文課程採用的是「團隊教練」（Team Coach）。「團

5　比較熟悉的主要有戶外體驗（Outward Bound）、PA 主題式冒險（Project Adventure）、行動式學習（Action-Learning）、情境模擬法（Scenario

隊教練」源於體育，棒球、足球、籃球等團隊，他們都有教練，教練作為一種管理技術，從體育領域運用到企管或生涯規劃範疇，換言之，它的功能可以從體適能到社會適能到精神適能。團隊教練著眼於激發學員的身體潛能與身心靈動能，引導學員回歸自我，使學員洞悉自己，進而處理自己的情緒、調整態度，體認生命的真正需求與目標，以身心最佳狀態創造成果。目前運用團隊教練進行體驗式學習的課程，包括像企管公司、成長團體、靈修團體等，都有此類似的訓練課程。

　　本校通識課程以生命教育為核心理念，國文屬於通識必修基礎課程，於大學一年級教授，時數是每週三小時，全學年六個學分。依此來說，我們的課程在學習時數與學習目標上，都是充足而明確的。因此，我們的課程設計引入體驗式學習活動的精義，改變傳統國文課以篇章講授、知識攝取為中心的模式，而是先行後知，以體驗式學習導入國文課程，讓學員先有體驗、生發感覺，再放入篇章知識，也就是說，以感覺的、體驗的情意出發，連結篇章知識，透過說出來、畫出來、寫出來的過程，最終，回應生命情意，使書寫涵蘊體驗學習、深度感受的樂趣。讓「書

Planning）、團隊教練（Team Coach）等。

寫」也能成為另類的體驗學習，活化甚或轉化學習慣性，達到創新、創意的目的。

下列圖式參考經驗學習圈（The Experiential Learning Cycle）繪製而成，筆者將之命名為「情境感受學習圈」，設計概念採用學習圈「圈」的意義，強調正向學習的循環、互轉，但是並不限於真實環境、經驗的學習，而是以培養感受的靈敏度、感性與體會能力、開發潛能與創造力為目標，並以生命教育為價值核心。

1. 圖的體驗式學習進路由「四個『是』」作情境感受引導，四個「是」，來自原圖的三個 what（What？ So What？ Now What？），並改為中文表達 ──「是什麼？」、「什麼是？」、「現在是。」、「我是。」四個「是」的設計概念與目的，分別敘述如下：

   是什麼？　　設計目的：身臨其境；

   什麼是？　　設計目的：換位思考；

   現在是。　　設計目的：回到自身；

   我　是。　　設計目的：轉化提升；

2. 兩個融入點，「目標設立與價值約定」，與原設計同；「真實

情境」，原設計是「真實環境」，「情境」對象不僅限於具體事物，還包含抽象心思感覺，比較符合情境感受學習的指涉範疇。

3. 四個步驟，基本與原設計理念相同，包括，活動與分享、教師回饋、篇章閱讀與書寫、教師與學員回饋等，分述如下：

（1）活動與分享：① 教師觀察團隊在活動過程中的情況與表現。② 教師對學員提出在活動過程觀察的具體描述。③ 學員分享活動過程的感受。

這個階段對應的學習進路是：「是什麼？」強調學員身臨其境的感受。

（2）教師回饋：① 教師摘要與彙集學員的體驗以及想法，進行回饋，但是不做結論與提供答案。

這個階段對應的學習進路是：「什麼是？」學員作換位思考，從不同角度思考，改變學習慣性。

（3）篇章閱讀與書寫：① 閱讀引導視學員當時情境設計調整，不一定給問題或先給問題。② 書寫的目的以情感流露為主，不要強調文字表現。

這個階段對應的學習進路是：「現在是。」學習者經歷體驗與感受，經此階段「閱讀與書寫」的思考、分析、

歸納與文字運用，讓學習者內化所學，積澱於心，回到自己的身體感以及心理。

（4）教師與學員回饋：① 引導學員觀看自己在閱讀與書寫過程中產生認知、理解與感受的過程。② 學員回饋對課程（活動、閱讀、書寫）的整體感受。

這個階段對應的學習進路是：「我是。」經由回到自己的身體感以及心理的內化階段，再透過觀看（團體參與）、學員回饋的表現，培養學習者整體感受，轉化提升學習者的感受層次與深度。

4. 步驟次序順時操作，不限定哪一個步驟開始，哪一個步驟終結。筆者將「篇章閱讀與書寫」放入操作步驟，用意在轉換「篇章閱讀與書寫」為另類的體驗式學習，學員在四個體驗步驟融合學習歷程中，培養感受的靈敏度，一一匯聚於感覺接受的核心——每一個學習者，也就是「我」——經過不斷的匯聚，最終達到將感受轉化為感性與體會能力，開發創造能力。

5. 圖的核心，筆者設計放入太陽圖形[6]，象徵每一位學員都是課

6　學習圈放入核心圖案，這是筆者的設計，原學習圈中心沒有圖文，也沒有「以學員的心為核心」的概念。

程中心，發出光芒形狀，表現學習者最終能自主學習，感知
閱讀與書寫的價值與意義，體驗生活與生命的豐富與美好。

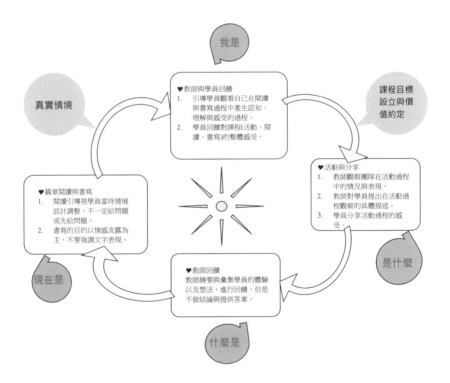

情境感受學習圈──體驗式學習導入的國文課程架構

（林靜茉參照設計與繪圖）

6. 圖形概念由「四個『是』」傳達其精義，是什麼？代表「身臨其境」；什麼是？代表「換位思考」；現在是，設計目的：回到自身；我是，設計目的：轉化提升；四面向相融相蘊，周轉隨化，存乎一心，體會無窮。

參　「愛身」課程的設計與操作

茲以上述體驗式學習「四個是」模式，導入於「愛身」課程的設計與操作，並依課程操作次序說明之。本課程實施時間為二週，共計六小時。

一　課程目標設立（「融入點」之一）

教師揭示課程設計目的：「我們的意識和智力潛能，與演化成完全直立的身長有密切關係，但，生活中的壓力如坐在電腦前、上下課擠公車或騎機車，使我們與這天生的直立權利脫節。對大部分人來說，重新學習儀態是一件有意義的事。」其次，說明「愛身」的意義：教師分享個人身體小故事，引發學員動機與感受。

此階段教師須把握「融入點」精神，即「課程目標設立與價值約定」，除了上述「課程設計目的」外，還有「價值約定」。「價值約定」，可以由教師揭示，理想的教學氣氛可能是師生共同約定，譬如教師在前述階段分享身體小故事，引發學員的感受，接著教師說出從「愛身」連繫到課程目標「身體與生命的和諧與美好」的可能性。在此階段，教師必須把握課程核心精神：「感知生命的獨特性，培養感受靈敏度，提升文字與口語表達能力。」特別是第一項「感知生命的獨特性」，在分享身體故事時，特別提示學員說出自己的感覺，避免流於醫學常識心得交換。並準備進行下一階段的課程操作。

二　活動與分享

進行體驗式學習活動，包括「照鏡子、畫自己」、「使用非慣用手寫詩」。

是什麼？ 照鏡子，畫自己以及描述自己。

是什麼？ 使用非慣用手，書寫短詩，完成後，朗誦短詩，並且拍攝之。

課堂中，分享學員在活動進行時的感覺，並且分辨「感受」

與「思考」的不同。教師作為觀看者，並記錄學員在敘述時的表達狀態，適時引導學員說出自己的感受，而不是找正確答案。

三　教師回饋

此階段為教師回饋，教師必須清楚地陳述歸納學員所分享的感受，讓學員能明確地把握「感受」的特別性與重要性，它與一般的學習方式有所不同。

什麼是？ 談感受。

- 左手為慣用手者，曾訓練自己右手書寫。
- 動機：兩手都用比較聰明。
- 使用非慣用手書寫，變得更專注。
- 慣用手書寫須占桌面大空間，非慣用手則否。
- 寫起來的字像圖畫。
- 字變醜了，不認得了。
- 像小時候學寫字。

我　是。 觀看與分享，播放之前的朗誦短詩影片。

什麼是？ 欣賞儀態示範影片，進行自我評量。

儀態示範者，以同校高年級學生為宜，學員的仿效學習態度容易

趨向正面。儀態評量表的分數採相對值，沒有等第，評量活動最終由學員書寫，書寫內容是一段給自己身體鼓勵的話。

四　篇章閱讀與書寫

　　本階段分為「文本閱讀」與「感受與書寫」。在「文本閱讀」階段，教師必須把握文本內容重點，適時引導學員閱讀的技巧，例如結合前述活動的自我感受，與文本作者的體驗呼應；在「感受與書寫」階段，教師必須因應教學現場情境靈活運用，從感受的分享到書寫的過程，教師必須隨機處理各種情況，微調課程內容，以包容心因應學員可能出現的個別問題。在體驗式學習課程進行中，有時會出現學員引動真實情境的情感，作出突發或非制式的反映。

現在是。文本閱讀。

閱讀文本 1. 蔣勳〈尋找身體與生命的重心〉
　　　　　2. 蔣勳〈站立是人類尊嚴的表徵〉

〈尋找身體與生命的重心〉的文章重點：

- 身體美學，在一切的動作以前，其實是一個站立的動作。

- 站立的姿勢構成身體一種重心穩定的感覺，重心穩定，可是又不僵硬，姿勢就非常的美。
- 當我依賴另一個身體時，我往往就失去了自己的重心，對方一旦離開，我就倒下。
- 人生如果失去了這個重心，就是不穩定狀態。
- 我們自己的重心不穩，不用等到別人來推，自己也容易倒下，保持著穩定的生命，就是一個不容易被別人推倒的生命。

現在是。感受與書寫。

- 1. 請說出身體與生命的關聯性。
- 2. 感覺自己現在的態度→身體的狀態→情緒
- 3. 寫出自己的身體小故事，並且將這段經歷，與生命感連結（當我回憶這段經歷，它帶給我什麼感覺，我將它放在生命歷程的什麼位置）。

〈站立是人類尊嚴的表徵〉的文章重點：

- 這個人站得好漂亮，頂天又立地。
- 你要學習摔跤時身體要怎麼樣倒下去，才能避免骨折。
- 在我要實現飛越的夢想之前，必須先預想到所有冒險的

危險度，並且做足各種練習，然後才能讓自己的身體可以安全地、美麗地飛起來。

現在是。感受與書寫。

- 1. 請說出站立與尊嚴的關聯性。
- 2. 寫出自己站立或摔跤的小故事，請感受並描述當時的身體反應，以及與當時相關之人的互動，扣緊「獨立」要旨。
- 3. 從身體獨立到精神獨立，它們是相連的、一體的，最終，談到尊嚴的層次。請同學 —— 依 —— 序 —— 感受，再書寫出來。

五　真實情境（「融入點」之二）

這個階段是「融入點」之二，「真實情境」，不作標準答案式的思考與搜尋，答案在每一個學員的心中，答案必須透過身體的感知，感覺自己生命的獨特性。並且回應「融入點」之一的課程宗旨「身體與生命的和諧與美好」，與核心精神「感知生命的獨特性，培養感受靈敏度，提升文字與口語表達的能力」。

六 教師與學員回饋

課程進入尾聲，學員與教師分別說出對身體與生命的感受，或者，也可以設計一個小活動讓學員體驗自己學習前後，「感受」是否已經深度化？

我 是。延伸分享：安住身體。

- 閉上眼睛。
- 將注意力集中，感覺身體內的一呼一吸。
- 感覺你的手、你的腳、你的肚子、你的胸。
- 你在思考嗎？請先不要理會頭部在想什麼！
- 約定的時間結束，張開雙眼，看看周遭，請注意，當你在看的同時，你都必須感受到身體與你在一起。
- 分享。

七 轉化與提升感性能力

如果學員在上一階段的表現已經能蛻去慣性思考與學習模式，教師可以直接在課堂結束前，加入較深的相關內容啟發之，

教師如能針對學員特性整理出語錄，由於語錄內容簡潔有力，具備統整性學習、向上提攜的作用，學員能夠牢記於心中，對於轉化與提升感性能力的訓練，是不錯的選擇。

我　是。語錄。（摘自文本同書內容，蔣勳《身體美學》）

- 身體裏有一株樹，渴望迎接春雨，便一一張開了枝葉。
- 美可能跟健康有關，跟生命的自信有關，跟我們對人的善良有關……美跟很多複雜的事物牽連在一起，所以身體的美，絕對不是可以隨便簡化的事物。
- 對孩子，要多一點身體上的接觸、依靠，和擁抱。
- 我的身體隨著我的旅行、閱讀。

八　學習核心的把握

　　如前一章所述，情境感受學習圈的核心是每位學員，特別是每位學員的心，這也是體驗式學習導入的國文課程架構不可或缺的核心理念，教師照應學員的學習深度，往往表現在師生或學員間的心意相映。有些學員會在啟發之際，表現自主學習的動力，發出感性的光芒，他們能藉著閱讀書寫，開展自我或體會生命的價值與意義。

肆　國文教學的生活化與生命化

　　國文教學的核心價值在於生命教育，文學書寫目的也在於表達真實，感受生命的獨特性，最終，學習者能夠體悟生命意義，實踐生命價值。

　　以體驗式學習導入的國文教學，指的是在生命教育的核心價值原則把握下，教師與學員先作目標設立，進行體驗與感受活動，通過觀察、體驗、感受、廣義書寫（說話、繪畫與文字運用），加上分享與回饋活動，作思考與總結，最終學到新知、掌握新方法，乃至形成某些情感、態度、觀念，內化於心。

　　以體驗式學習導入的國文教學的特色是，閱讀與書寫為教學設計骨幹之一，但不是核心，活動與分享、教師回饋、篇章閱讀與書寫、教師與學員回饋為四大骨幹，核心是學員感應的心，教材的設計必須以學員目標學習為依歸，依此，篇章閱讀，可以從經典教材中鬆綁，甚或閱讀可以是廣義式的閱讀，包含文學作品、人文篇章、影音作品等等；書寫，可以從優美辭章中鬆綁，書寫是體驗感受的當下書寫，以發現生命獨特性與意義為目的。換言之，閱讀與書寫，目的是讓學習者通過類似身臨其境的氛圍

和細微體察、換位思考等真切的內心活動，對生活，乃至於生命一種真實感受和體驗的學習方法。國文教學，將是生活化與生命化的，讓每一位學習者成為課堂教學的中心，以感受為中心，將能帶動學員更主動的學習動力，以體驗式學習設計的活動方法多元豐富，操作步驟可以不斷循環，學員的感受深度愈好，也愈能循環無窮、感受無限。最終，培養學員更優質的感受靈敏度、感性能力，以因應多元開放時代的各種風潮與挑戰，在感性創意時代能掌握先機，發現潛能，有效努力與學習，創造機會。這是體驗式學習導入的國文教學的設計初衷，也是目的。

伍　教學成果以及可能遭遇的問題

從教學成果來說，以學員為中心的教學設計，教師作為引導者，在參與的過程中，能立刻感受學習者的狀況（特別是個別狀況），給予適當的回饋指導，可以有效掌握課堂教學動態，有效處理，提升教學品質。

其次，教師透過教學現場氛圍的掌握，可以隨時修正課程，或增減時間，或微調回饋內容，不必拘泥於教案形式，達到活化教學現場的功能。

　　第三，班級學員間的互動交流與分享，能培養學習者觀察與感受的能力。透過良好的課堂氛圍，學員不再只用眼睛看、用耳朵聽，進一步能用身體經歷（視覺、聽覺、味覺、觸覺、嗅覺的統合感受），最終融入於心，開啟生命動能，感受無限。

　　以體驗式學習導入的國文課程可能遭遇的問題，包括：引導者對步驟次序未能靈活運用，或迫於個別狀況，可能影響操作的流暢性。

　　其次，教師與學員的迷思，或囿於傳統篇章文本的講授模式，或囿於傳統書寫著重辭章思想的表現，或囿於對經典價值不忍割捨，也容易產生教師或學員無法開放學習，無法真實感覺、說出感受，擔心說出來、寫出來無法得到共鳴，於是又落入學習慣性，等待答案公布。

　　第三，信任的重要性，在教學現場，從教師到各學員間，必須培養一定程度的信任，信任的引導，需要教師客製化的經營，依照班級學員特質，教師可以講述自己的經驗、感覺與感受，誠懇的說出來，發揮感性能力，就是最好的情境營造者，誠懇表述，可以有效地連結學員經驗與感受，觸動學習者心思，帶出情意性的氛圍，換言之，教師的引導角色非常重要，他還必須面對學習者隨時出現的不穩定狀況，他必須具備包容、慈愛，使學習

者對之產生信任，進而信任課程的安排，願意分享、願意書寫。

綜而言之，以體驗式學習導入的國文教學，是一種創新的嘗試，因為課程目標與精神合於時代趨勢 —— 強調感性與創意——，我們希望在國文教學裏，能培養更多具備感性能力的學員，以因應全球化感性時代的多變性。所以我們嘗試操作與執行「體驗式學習導入的國文教學」，當然，這不代表教師必須全面側重新的教學方法而揚棄舊思維，它只是提供一種活化教學的方法，畢竟，教學方法愈多元愈好，運用之妙，存乎一心

參考書目

陳麗萍　〈淺談課堂教學生活化〉　《廣西社會科學》　2003年　第2期

蔣　勳　《身體美學》　臺北市　遠流出版社　2008年

平克（Daniel H. Pink）　《未來在等待的人才》　（*A Whole New Mind*）　臺北市　大塊文化出版公司　2006年

大衛・庫伯（David kolb）於1984年提出的四階段學習圈模式「經驗學習圈」（The Experiential Learning Cycle）相關資訊可參考「庫伯經驗學習圈」相關網頁。

http://wiki.mbalib.com/zh-tw/%E5%BA%93%E4%BC%AF%E7%9A%84%E5%AD%A6%E4%B9%A0%E5%9C%88%E7%90%86%E8%AE%BA

第三章　創新教案二

「大地之愛」課程設計的理論與實務

摘要

　　近年來，有關環境保護的教育題材不斷蓬勃發展，也帶動自然題材融入課程的趨勢，自然題材不僅限於自然科學的知識傳播，也與人文教育息息相關。我們所知道的「全人」，它是一個在整體中發展的概念，這個「整體」，係以「物我和諧」作為核心價值，它的意義在於：人類生存於自然界，也屬於自然萬物，作為自然萬物之一的成員，人類理應與自然環境和諧共處，認識自然、愛自然、保護自然，讓地球自然生生不息，永續發展。

　　文章分為六節，前言敘述題旨，第貳節闡述「自然題材融入課程的理念」，此理念係以「本」字作為架構，來呈現課程設計的意義，第叄、肆節以「自然題材的閱讀選擇」、「自然題材的書寫設計」為題，說明課程實際的進行與操作，第伍節以「融入體驗式教學的活動構思與實踐」為題，敘述自然題材閱讀書寫課程的核心價值，第陸節結語，包括成果分享、回饋與反思等。

　　本文希望能藉由「大地之愛」單元課程的教學設計與實踐的論述，體現「自然題材的閱讀與書寫」課程的核心價值，即，讓學員們走入自然、親近自然，最終，能感受與自然融合的整體性，貼

近、回歸生命的本質。

關鍵字：自然、情境、閱讀、書寫、體驗式教學

壹　前言

　　近年來，有關環境保護的教育題材不斷蓬勃發展，也帶動自然題材融入課程的趨勢，自然題材不僅限於自然科學的知識傳播，也與人文教育息息相關。我們所知道的「全人」，它是一個在整體中發展的概念，這個「整體」，係以「物我和諧」作為核心價值，它的意義在於：人類生存於自然界，也屬於自然萬物，作為自然萬物之一的成員，人類理應與自然環境和諧共處，認識自然、愛自然、保護自然，讓地球自然生生不息，永續發展。

　　在國文閱讀與書寫課程中，本校以「愛」為主題設計十個單元，始於父母之愛，終於「大地之愛」，由個人生命源起，擴展到生命時刻賴以呼吸、滋養的大地，體認「愛」的能量與大地自然和諧、共存共榮的脈動，終始相依、循環不息，物、我相宜，快樂自在地活著，領略、感受生命的美好，並能把握生命的意義。學員透過自然題材單元主題的體驗式活動教學設計，包括校外教學、情境教學、閱讀選材與自然主題的書寫等等，讓學員在聽、說、讀、寫之外，還有與自然第一類接觸、與身體五感相連的奇妙互動，藉以培養學員的深度感受，啟發對自然整體的知性、感性能力。

貳　自然題材融入課程的理念

　　我到山林裡，因為希望生活得有意義，山林裡，存在著生活的基本事實。去看看那些它必須教導我，而不是我透過學習就可以得知的一切。我不希望臨死時，才發現自己從來沒有活過。——梭羅[1]

一　人與自然的關係

（一）從梭羅的《湖濱散記》說起

　　近代以自然為描寫題材，為東、西方人所熟知的作品，當推十九世紀晚期的美國作家梭羅，為了體驗自然生活，他遠離塵世，在瓦爾登湖過了兩年多的山居日子，有人說他是自然主義者，但是他並不反對文明，也不離群索居，過著像陶淵明那樣的田園生活。他推廣短途旅行（Excursions）和泛舟，也倡導保護自然資源。之後，他將這種生活體驗寫成《湖濱散記》，在這本

1　Thoreau's quote near his cabin site, Walden Pond. 瓦爾登湖畔舊居木牌所載梭羅之言，原文內容摘自網路維基百科圖片，筆者譯為中文。

帶著隱逸風格的作品中，傳達著梭羅對大自然的禮讚，他說：「回歸山林之後，我覺得離宇宙的源頭比較近了一點。」（《湖濱散記》）這種帶著神祕體驗又有著樸素生活信仰的思想與生活實踐，從當時橫跨二十世紀，到現在，一直都為廣大的讀者無聲息地擁護著。

（二）陳冠學耕讀生活的意義

在臺灣，教科書裡學生熟知的作家陳冠學，也是梭羅自然主義的擁護者與實踐者，他四十歲不到就退隱屏東山林，下半輩子過著以山林為友的耕讀生活，他在〈訪草〉中這樣說著：「我很少訪人，卻常訪草。朋友們都有職業，各忙各的，而草則永遠安詳的在那兒，我自己便像一株草，總在家裏，朋友們來，很少找不到。」[2]他從訪草到自己覺得是一株草，不但有著物我平等的心，還表現著物我相融、不分彼此的一體性。

2　陳冠學：《訪草》第一卷（臺北市：三民書局，1994 年），頁 61。

（三）大地之愛的意旨

相信許多人在孩提時都有著與花草蟲魚相處的「歡樂」時光，這經驗不僅限於鄉村的孩子，城市的孩子也不例外，因為只要是孩童，放任他們去玩，好像沒有不奔向自然的。比如筆者小時候居於城郊，玩伴常是野花、野草、蜻蜓、螞蟻，有時在水溝裏撈寶，有時在樹枝間與陽光玩捉迷藏，這些「玩伴」就在家門外天天等著我，哪怕下雨天，也有雨天的好玩。長大後，讀《莊子》的書，特別是讀到〈齊物論〉「大塊噫氣，萬竅怒呺。」那一段，總會想起小時候當野孩子的時光與情境，風吹、蟲鳴、烈日乾草逼剝聲、西北雨在水溝裡嘩啦啦唱歌……，這些情境感受一直存在心裡，長大後讀了書，又將它們引動了，然後，我知道，這種大自然的韻律也存在於人的心跳呼吸中，人們可以藉助於自然之力，或平衡或穩定或引動心靈，享受這種奧妙旋律的感覺，或許可以稱作「萬物與自然和諧」吧！

以這樣的因緣體會，筆者設計了「愛」的課程最後一個單元「大地之愛」，呼應第一單元對父母的愛。試想：我們的生命源於自然，肉身始於父母，終歸於大地；這肉身生命內有一股能量叫「愛」，這股能量川息鼓動在人的一生中，從內而外，由自身

之愛、手足之愛、師長之情、愛情、鄰居之情、朋友之間，然後擴充到家鄉、地理環境，終歸於大地自然之愛。這股「愛」的力量就像泉源，自生命內在汨汨而出，透過不同的階段、不同的歷程，終歸與大地自然融於一契。從個人生命源起，擴展到生命時刻賴以呼吸、滋養的大地，體認「愛」的能量與大地，有著和諧、共存共榮的脈動，終始相依、循環不息，物、我可以相宜，快樂自在地活著，領略、感受生命的美好，把握、表現出生命的意義。

　　《湖濱散記》說：「若是把人生比喻作一條『時光之河』，那源源不絕的溪水正如同造物者源源不絕的理念一樣，乍看之下連溪底都清晰可見，然而潺潺的悅耳水聲卻永無中止的一天。」又說：「抬頭仰望蒼穹，繁星之多就猶如滄海沙洲之沙粒，怎可能以有限的歲月來強求無窮的欲望？」梭羅把欲望比喻為繁星，流動的溪水比喻為人生，點出人們總愛抬頭仰望燦爛繁星，殊不知生命的喜悅就在腳下、就在那不斷流動的溪水之間罷了；而聆聽水聲，正是聆聽造物者的語言呢！這也許就是梭羅說的：「回歸山林之後，我覺得離宇宙的源頭比較近了一點。」回歸山林與宇宙源頭的關聯性，讓「大地之愛」的課程理念有了深義，是否我們也可以這樣說：親近山林、親近花草自然，也就更貼近我們人生本質吧！

二 自然題材融入課程

　　承接前文所說，親近山林、親近花草自然，是「貼近我們人生的本質」，筆者那嘗試以中文「本」字，來代表「大地之愛」課程設計理念。「本」字的篆體，分別表示課程的「閱讀」與「書寫」活動，結合「物我和諧」的理念、「愛」的主題，表現「自然題材融入課程的理念」。

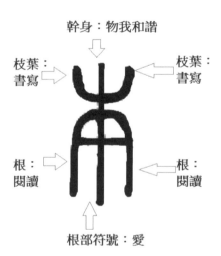

圖一　「本」字課程架構

「本」篆體作 枼 ，的 枼 「根」，代表「閱讀」，有關自然題材的閱讀選擇，參見本文第參節； 枼 的「枝葉」，代表「書寫成果」，有關自然題材的書寫，參見第肆節； 枼 的「根部符號」，表示「愛」，有關自然題材融入體驗式教學活動的構思，參見第伍節一； 枼 的「幹身」，象徵「物我和諧」，有關自然題材融入體驗式教學活動的實踐，參見第伍節二。

參　自然題材的閱讀選擇

枼 的「根」，代表「閱讀」。

一　自然題材的種類

近年來，由於親近自然的人口愈來愈多，許多有關大眾化的生態學書籍也相繼問世，這些書籍，依照書寫角度與使用功能，可以分為三類：第一類是自然觀察類，包括物種圖鑑、觀點圖鑑等，前者如朱耀沂的《台灣昆蟲教室》，以手繪昆蟲傳達其形體的微妙構造，後者如張碧員的《賞葉》，運用素樸文字與畫筆，表現葉子千變萬化的形體；第二類是自然體驗類，這類特點是將

自然觀察以人文手法表現出來，譬如丹尼爾・查莫維茲的《植物看得見你》，運用文學語言表達科學知識，帶領我們進入植物的感受世界，講植物的「看、聞、觸、聽、方向感與記憶」，讓我們明白植物與人一樣奧妙。還有查爾斯・科瓦奇的《植物》，以詩意之筆描寫植物科學，將不同種類不同生態的植物或比擬為嬰兒、奇怪的小孩、成人、藝術家、國王、女王等等，流露人與自然事物之間交流的感動；第三類是生態教育類，例如《鄉間小路》雜誌，以每月主題農業物產的話題，帶入農業知識與生態教育，以品味自然的緩板旋律，調合都會人糾結的工作步調。

　　在「閱讀書寫」的課程設計中，閱讀材料的選擇必須考慮活動可操作性以及學員的知識經驗與學習慣性，上述這些科普書、圖鑑與雜誌，都可以列入參考閱讀，讓有興趣作廣度、深度的涉獵者多一些選擇。在閱讀書寫課程中，筆者的選擇以文學作家作品為主，再輔以影音教材，兼顧入門與深度，使學員易於領略教學目標，進一步培養興趣。在兩次的課程設計經驗中，筆者是以描寫植物與鳥類的題材為主，因為兩者具備觀察與體驗的方便性與可親近性：閱讀鳥類，在人們的視覺與聽覺方面，極具吸引力；閱讀植物，則可以滿足人們在嗅覺、觸覺，還有味覺的想像。

（一）自然觀察類

安排到台北植物園作校外教學，這是體驗式的大地教室閱讀。園區位於台北市中心區，是民眾鬧中取靜、「取綠」的休憩場所，園區種植多樣化植物，具備科學研究、保育、展示與教育等功能。園區提供解說服務，可以讓學員們在最低先決學習條件下，很快地融入植物園生態，作一次安全與豐富的植物生態之旅。

另外，配合紙本閱讀材料〈山主人的家〉，學員透過「南港山系親山步道路線圖」，閱讀我們生活環境中可親近的山林。

（二）自然體驗類

以單篇散文搭配若干詩作，表現自然題材融入人情的人文式反芻，呈現作家的大地之愛，散文重於理性探索與認知，詩作宜於吟哦閱讀，舒放感受。第一次課程設計，選讀陳冠學的〈植物之性〉，吳晟的三首詩〈我不和你談論〉、〈土〉、〈水稻〉，前者讓學員學習從「朋友」角度觀看與親近植物，後者感受農夫對土地的情感，體驗與學習農夫對大地之愛。

第二次課程，選讀范欽慧〈山主人的家——台北市南港山〉、鄭愁予詩〈俯拾〉、郭楓詩〈日落淡水河〉以及李魁賢的詩〈台灣水韭〉。前篇散文帶領學員親近環繞生活的山林，與山林共呼吸，換個角度位置，讓自己成為在山林有家的山主人；詩作三首，從鳥瞰台北盆地、書寫淡水母親河、聯繫想望臺灣特有種水韭在夢幻湖孤獨吐露固執的大地之愛⋯⋯。

課後延伸閱讀，選材以自然書寫的作家作品為主，包括劉克襄〈台中新特產農夫市集〉、陳冠學〈植物之美〉、凌拂〈流螢汛起〉。

自然音樂，選擇《綠色方舟》、《森林狂想曲》，音樂係以描寫自然為對象。

（三）生態教育類

選用材料以影音 DVD 為主，以視覺音效感性地切入保育話題，提高學員的接受與學習熱度。第一次選播《返家八千里》，講候鳥黑面琵鷺的故事。第二次選播《福爾摩沙的指環》第二集，講一群人以微薄力量，投入拯救與保育臺灣原生環境的故事。此外，邀請自然作家劉克襄蒞校演講，現身說法。

二　自然題材的閱讀型態

（一）閱讀的型態

　　閱讀的型態，包括：紙本閱讀、大地教室閱讀（校外教學）、影視音樂閱讀（DVD、CD）、e化延伸閱讀等。

（二）閱讀的操作

1. 紙本閱讀。分為散文與詩篇閱讀。散文閱讀的引導，必須掌握教學目標與主題的明確性，這種操作可以收兩種效果：首先，筆者基本設定散文重於認知的投入、理性的吸收，學員必須學習新知、轉換學習慣性，達到「換位思考」、並且「回到自身」（自我認同）[3]；其次，選讀主題明確的作品，不須與作者連結就可以直接閱讀文本，則文章的主題不易模糊。筆者選擇〈植物之性〉突顯「作植物朋友」的主題，以及〈山主人的家──台北市南港山〉配合節氣、親山步道的

3　參見下文第伍節（二）情境教學之閱讀書寫活動1、2。

生活話題性。

詩篇吟哦閱讀，選擇吳晟名作〈我不和你談論〉、〈土〉、〈水稻〉，學員可以直接吟哦反覆閱讀，增長詩意、氣量，從「回到自身」（自我認同）出發，舒放大地之愛的能量。另一考量是，以台北在地作為標竿，帶領學員自遠及近閱讀台北，如〈俯拾〉、〈日落淡水河〉、〈台灣水韭〉，以反覆吟哦紓發感受。

2. 大地教室閱讀。以植物生態觀察為主，林務局所屬的台北植物園，園區提供解說服務與植物分類簡介，適合初學者作自然觀察閱讀。

3. 影視音樂閱讀。包含 DVD、CD。影片 DVD，第一次選《返家八千里》，第二次選《福爾摩沙的指環》，影片長度在六十分鐘內為宜，閱讀後，搭配自然音樂，以營造物、我相融的情境。音樂 CD 聆賞，情境輸入，第一次搭配黑面琵鷺的保育故事，採用《綠色方舟》專輯，選播題名〈濕地小精靈〉、〈水雉之舞〉、〈風的顏色〉、〈一首名叫雲霧的詩〉、〈綠色方舟〉；第二次配合《福爾摩沙的指環》，採用《森林狂想曲》，選播題名〈野鳥情歌〉、〈水徑〉、〈晨鳥之歌〉（純自然音樂）、〈晨歌〉。音樂聆賞，總長度都在三十分鐘左

右,讓學員作聆聽式的閱讀,教師不必提示音樂題名,讓學員「回到自身」,舒放自我感受。

4. e 化延伸閱讀。採課後線上延伸閱讀方式,選材包括劉克襄〈台中新特產——農夫市集〉、陳冠學〈植物之美〉、凌拂〈流螢汛起〉。閱讀目的包括:增加話題性、自然知識以及感受深度。

肆　自然題材的書寫設計

带的「枝葉」,代表「書寫成果」。

一　植物筆記

(一) 植物觀察

行前材料準備:「請參考示範例選擇一種植物,拍攝照片,並記錄其樣貌、特性等。解說結束,發放植物筆記空白便箋兩張。作業於二週後課堂繳交為原則,植物筆記內容包含圖與文,文字須在兩百字以上,照片可貼或列印於便箋,下載網路圖不計

分。」在校外教學現場，教師可適度提醒學員，觀察的對象是相
對靜態的植物，而不是枝椏間跳上跳下的松鼠。

（二）植物書寫

經過至少一週的沉澱後，學員們重溫照片的植物影像，選擇
一種植物作為書寫對象，並且使用兩百左右的文字，書寫內容包
括：植物生態知識、現場觀察植物形態以及觀看植物的感受等等
內容，並且貼上或畫出植物影像。選擇一種植物的目的是，讓學
員鍾情唯一，達到彼我相融效果；使用兩百字書寫，目的是希望
學員們一字一句刻劃，保留文字傳情的精粹，傳達自然野趣；影
像留存，屬於圖像記憶，或可以長久留存心底。

二 情境書寫

紙本閱讀→影片欣賞→自然音樂，營造氣氛，播放音樂，音
樂與書寫同步操作。情境歷程：第一次，濕地小精靈→水雉之舞
→風的顏色→一首名叫雲霧的詩→綠色方舟，與影片《返家八千
里》呼應，祈求人與自然和諧相處；第二次，野鳥情歌→水徑→

晨鳥之歌（純自然音樂）→晨歌，與文本〈山主人的家〉、影片
《福爾摩沙的指環──與大自然的對話》呼應，開啟學員傾聽自

然聲音的能力。

三　朗誦

　　著重朗讀的文氣。深入分析作品的思想內容，瞭解其意義，
特別是「大地之愛」的情感投入。「斷句」，可以運用不同聲調
進行朗讀（就像廚師切菜一樣，要適度分割）。其次，要抓住文
章中最重要的句子，也就是所謂的「詩眼」或「文眼」，並且特
別強調，就可以掌握文章的文氣。此外，要善用個人的音質特
色，加以發揮。結合聲音、節奏、語調等，段落清楚、語意明
確，加深聽者的印象。

　　也可以播放詩人吳晟〈我不和你談論〉、〈水稻〉、〈土〉朗
誦與影音 DVD 示範朗誦技巧、加上教學助理帶領分組朗誦。如
能錄影，播出分享，效果更好。

伍　融入體驗式教學的活動構思與實踐

　　米的「根部符號」，表示「愛」。自然題材融入體驗式
教學活動的構思。

　　米的「幹身」，象徵「物我和諧」。自然題材融入體驗
式教學活動的實踐。

一　體驗式教學活動的構思

　　國文教學融入體驗式教學活動，此構思與理論參見本書第二
章，體驗式學習與傳統訓練的最大區別在於後者以教師為中心，
而前者以學員為主。作為閱讀與書寫訓練的國文教學，適當地引
入「體驗式學習」，將傳統以教師為中心，轉換為以學習者為主
角，嘗試換位學習，以活動體驗引導學習者經驗與篇章情境連
結，經由閱讀、書寫、分享、回饋交互運用，達到融入生命情
境，感知生命意義，最終能轉化學習慣性，就內化而言，學習者
能體悟生命的獨特性，能賦予生命意義；就外展而言，能開發潛

能，發揮創意。

　　筆者設計「情境感受學習圈」（如圖二），作為體驗式教學設計參考[4]，學習圈「圈」的意義，強調正向學習的循環、互轉，圖的結構包括：「四個『是』、二個融入點、四個步驟、一個核心。」其中，體驗式學習進路由「四個『是』」作情境感受引導。步驟次序順時操作，不限定哪一個步驟開始，哪一個步驟終結。圖的核心，筆者設計放入太陽圖形，象徵每一位學員都是課程中心，發出光芒形狀，表現學習者最終能自主學習，感知閱讀與書寫的價值與意義，體驗生活與生命的豐富與美好，並能發散「愛」的能量的人。

　　下文茲依「情境感受學習圈」來說明「大地之愛」單元課程的操作模式。本單元課程分三週進行，每週三堂課，每堂五十分鐘，共計一百五十分鐘。三週實施順序分別是：大地教室之閱讀書寫活動、情境教學之閱讀書寫活動、朗誦教學之閱讀書寫活動。課程操作步驟配合「情境感受學習圈」說明如下。

4　參見本書第二章第貳節說明。

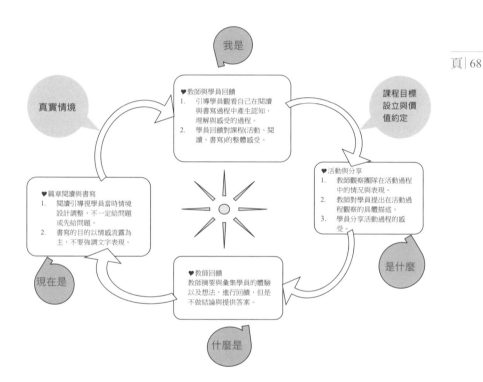

圖二　情境感受學習圈

二 體驗式教學活動的實踐

（一）大地教室之閱讀書寫活動

大地教室閱讀，安排到台北植物園作植物生態之旅，書寫是指活動後的植物筆記。教學活動步驟：活動與分享、教師回饋、篇章閱讀與書寫、教師與學員回饋。圖例（圖三）與說明如下：

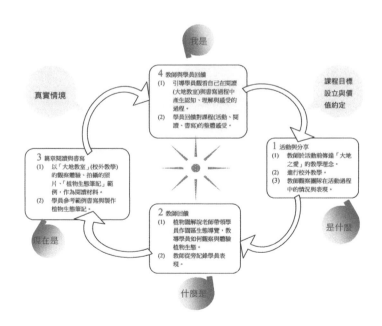

圖三　大地教室之閱讀書寫活動

1. 活動與分享

（1）教師於活動前傳達「大地之愛」的教學理念。

（2）進行校外教學。

（3）教師觀察團隊在活動過程中的情況與表現。

◎情境感受引導：「是什麼？」（身臨其境）

2. 教師回饋

（1）植物園解說老師帶領學員作園區生態導覽，教導學員如何觀察與體驗植物生態。

（2）教師從旁記錄學員表現。

◎情境感受引導：「什麼是？」（換位思考）

3. 篇章閱讀與書寫

（1）以「大地教室」（校外教學）的觀察體驗、拍攝的照片、「植物筆記」範例，作為閱讀材料。

（2）學員參考範例書寫與製作植物筆記。

◎情境感受引導：「現在是。」（回到自身）

4. 教師與學員回饋

（1）引導學員觀看自己在閱讀（大地教室）與書寫過程中
產生認知、理解與感受的過程。

（2）學員回饋對課程（活動、閱讀、書寫）的整體感受。

◎情境感受引導：「我是。」（轉化提昇）

（二）情境教學之閱讀書寫活動

包含文本閱讀、影音閱讀與音樂聆賞，書寫，指的是與音樂
聆賞同步的情境書寫。教學活動步驟：教師回饋、篇章閱讀與書
寫、教師與學員回饋、活動與分享。圖例（圖四）與說明如下：

1. 教師回饋

（1）教師摘要與彙集學員的校外教學體驗以及書寫植物筆
記經驗，進行回饋。

（2）傳達從「大地教室」連結「大地之愛」的教學目的。

◎情境感受引導：「什麼是？」（換位思考）

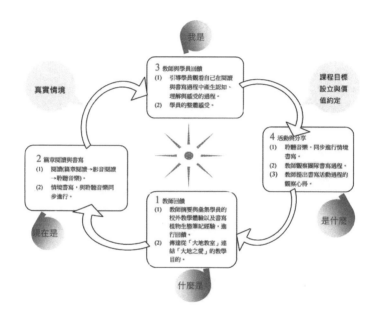

圖四　情境教學之閱讀書寫活動

2. 篇章閱讀與書寫

（1）閱讀（篇章閱讀→影音閱讀→聆聽音樂）。

（2）提示情境書寫活動目的（與下階段聆聽音樂同步進行）。

◎情境感受引導：「現在是。」（回到自身）

3. 教師與學員回饋

（1）引導學員觀看自己在閱讀（書寫）過程中產生認知、
理解與感受的過程。

（2）學員的整體感受。

◎情境感受引導：「我是。」（轉化提昇）

4. 活動與分享

（1）聆聽音樂，同步進行情境書寫。

（2）教師觀察團隊書寫過程。

（3）教師提出書寫活動過程的觀察心得。

◎情境感受引導：「是什麼？」（身臨其境）

（三）朗誦教學之閱讀書寫活動

包括詩篇閱讀、朗誦等，朗誦係以聲音傳遞的廣義書寫。教
學活動步驟：篇章閱讀與書寫、教師與學員回饋、活動與分享、
教師回饋。圖例（圖五）與說明如下：

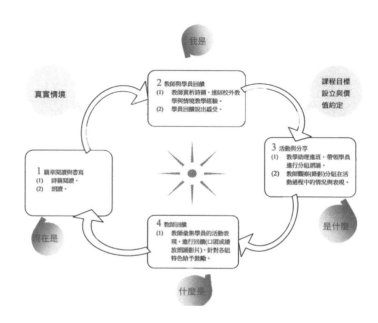

圖五　朗誦教學之閱讀書寫活動

1. 篇章閱讀與書寫

（1）詩篇閱讀。

（2）朗誦。

◎情境感受引導：「現在是。」（回到自身）

2. 教師與學員回饋

（1）教師賞析詩篇，連結校外教學與情境教學經驗。

（2）學員回饋說出感受。

◎情境感受引導：「我是。」（轉化提昇）

3. 活動與分享

（1）教師賞析詩篇，連結校外教學與情境教學經驗。

（2）學員回饋說出感受。

◎情境感受引導：「是什麼？」（身臨其境）

4. 教師回饋

（1）教學助理進班，帶領學員進行分組朗誦。

（2）教師觀察（錄影）分組在活動過程中的情況與表現。

◎情境感受引導：「什麼是？」（換位思考）

以上「大地之愛」單元課程，實施順序是「大地教室之閱讀書寫活動」，其次是「情境教學之閱讀書寫活動」，最終是「朗誦教學之閱讀書寫活動」。教學活動實施順序的安排，目的是希

望先以戶外大地教室與身體作五感體驗，開啟學習之窗；接著，帶入生態保育觀念、培養愛自然的意識；最終，在朗誦聲紓發感受的情境中收尾。學員從「體驗」到「意識」覺醒到情意「紓發」，認知以及理性與感性交融，達到「我知自然、自然知我」，與自然相融一體的和諧滿足感，體現「大地之愛」單元課程的教學目標與目的。同時，也托出「自然題材的閱讀與書寫」課程的「價值」所在，即，讓學員們走入自然、親近自然，最終，能貼近、回歸生命的本質。而「貼近、回歸生命的本質」，正是筆者課程設計理念以「本」字為架構的用意。

陸　結語

　　自然題材的閱讀與書寫，是筆者在課程設計經驗中的新嘗試，從設計到實踐，它擴大了筆者的視野，深化了吾人領會做為「人」的意義，那是向下紮根、向上伸展，迎向陽光、雨水，生命自然本質的展現。我們的課程以「大地之愛」題名，以「愛」作為核心價值，讓課程設計理念貼實於「愛」，以這樣容易讓人領受的觀念，將「物我和諧」抽象的哲理，落實在自然題材的閱讀書寫課程中。筆者深信，奧妙的道理，往往就在簡易的事物

中，這是信念，也是體會所得。人類是自然萬物的一份子，與自然和諧相處，本來沒有障礙——轉個念，伸展筋骨，迎向陽光與大地，我們不就已經融入自然？！花草有情，人亦有情，大地之愛，交融相生。有情，則處處生芳草，生生不息的大地之愛，於焉展現！

參考書目

向陽、李昂、林文義、劉克襄、宇文正、吳鈞堯　《寄情山水——6 位文學家的水土保持駐村故事》　臺北市　行政院農委會水土保持局編印　2010 年

朱耀沂　《臺灣昆蟲教室》　臺北市　天下文化出版社　2011 年

范欽慧　《跟著節氣去旅行》　臺北市　遠流出版社　2010 年

凌拂　《與荒野相遇》　臺北市　聯合文學出版社　2006 年

張碧員　《賞葉》　臺北市　商周出版社　2011 年

陳冠學　《訪草》第一卷　臺北市　三民書局　1994 年

陳義芝主編　《劉克襄精選集》　臺北市　九歌出版社　2009 年

劉克襄　《永遠的信天翁》　臺北市　遠流出版社　2011 年

編輯部　《鄉間小路雜誌》　豐年社出版　每月出刊

（美）丹尼爾‧查莫維茲　《植物看得見你》　臺北市　麥田出版社　2012 年

（美）梭羅　《湖濱散記》　高寶出版社　2013 年

（英）查爾斯‧科瓦奇　《植物》　新北市　旺旺出版社　2012 年

第四章　調查報告

修課後兩年內學員問卷調查研究與討論

摘要

　　前兩章論文說明「體驗式學習導入國文課程」目標著眼於「國文教學的生活化與生命化」，並揭櫫課程設計思維：係因應本世紀全球化感性時代的來臨，作為語文教學的國文課程，宜擬定一套符合新世紀新需求的教材教法，培養學習者適應時代的變化與因應的能力。因此，乃以體驗式學習理論為基礎架構，設計一個適合國文教學的「情境感受學習圈」理論與圖例，藉以突顯教學的核心價值。本論文在此基礎上，結合近三年實際操作課程的經驗，希望透過對修課兩年內學員的問卷調查，了解他們修課之後，對於初始設定之課程核心價值「體驗與感受」的認知、理解與感受程度。實施的對象以筆者授課班級學員為主，同時選擇兩個單元課程，設計進階題目，以了解學員於生活乃至生命層次之「體驗與感受」，同時也試圖探索「培養感性能力與開發創意」的可能入徑。

關鍵字：體驗式學習、感受、價值、身體、生態

壹　前言

　　本校通識教育中心的國文課程計畫榮獲教育部補助，執行「課程推動與革新計畫」自二〇一一年八月起，至二〇一四年七月止，已然三年，我們的計畫具體成果是：閱讀能力的培養、情意性書寫的能力等，成果已於歷年結案報告中呈現。筆者有幸參與團隊之課程設計與實際授課，也分享了一份本計畫總成果之光彩，實感榮幸之至。除此之外，筆者另著眼於課程設計所帶出的抽象能力，以及此抽象能力的可能性，並以體驗與感受能力的引導與開發為題，進行調查研究。

　　有關於「體驗式學習導入國文課程」的理論與課程設計，筆者過去曾發表兩篇相關的論文（本書第二、三章），其中，主要以「情境感受學習圈」之理論，說明本課程目標著眼於「國文教學的生活化與生命化」，揭櫫課程設計思維：係因應本世紀全球化感性時代的來臨，作為語文教學的國文課程，宜擬定一套符合新世紀新需求的教材教法，培養學習者適應時代的變化與因應的能力。因此，乃以體驗式學習理論為基礎架構，設計一個適合國文教學的「情境感受學習圈」理論與圖例，以突顯教學的核心價值。

在這個思維架構下，筆者試圖引入體驗式學習活動的方法與精神──以學員為中心，強調學員的體驗與感受，讓學員在聽、說、讀、寫之外，還有身體的感覺，藉以活化語文課程，培養學員的深度感受，達到感性能力與開發創意的目的。

本校國文閱讀與書寫課程總計畫名稱是「閱讀有愛，書寫無礙──我的愛之味便當」，課程計畫以「愛」為主題，設計十個單元，始於父母之愛，終於「大地之愛」，包括父母、自身、手足、師長、愛情、鄰居、朋友、家鄉、臺灣海洋與大地之愛等等；主題思維從個人生命源起，擴展到生命時刻賴以呼吸、滋養的大地，體認「愛」的能量與大地自然和諧、共存共榮的脈動，終始相依、循環不息，物、我相宜，快樂自在地活著，領略、感受生命的美好，並能把握生命的意義。學員透過單元主題的體驗式活動教學設計，包括校外教學、情境教學、閱讀選材與主題書寫等等，讓學員在聽、說、讀、寫之外，還有與真實環境的第一類接觸、與身體五感相連的奇妙互動，以培養學員的深度感受，啟發對自身乃至家庭、社會、自然等整體的知性與感性能力。

本論文在此基礎上，結合近三年實際操作課程的經驗，希望透過對修課兩年內學員的問卷調查，了解他們修課之後，對於初始設定之課程核心價值「體驗與感受」的認知、理解與感受程

度。調查的對象以筆者授課班級學員為主，同時選擇兩個單元課程，設計進階題目，以了解學員於生活乃至生命層次之「體驗與感受」，同時也試圖探索「培養感性能力與開發創意」的可能入徑。

貳　研究方法與步驟

一　研究對象

此次問卷調查的內容，大抵針對學員對於課程設計主軸的認知與理解，包括課堂教學以學員為中心、強調學員個別的體驗與感受，教材教法與課程特色等，考量學員學習背景、主軸性的單元課程、小班教學、重視學員對課程整體性的回饋與分享等。由於體驗式學習課程可能受課程設計者以及教師帶領方式之不同，成果略有差異，為避免牽涉複雜條件，本調查對象以筆者前兩年之授課學員為取樣範圍，共六班 210 人，學員分別來自一〇〇年度以及一〇一年度入學學生，扣除兩年間轉學、休學以及失聯的學生，一〇〇年度發出 85 份回收 73 份、一〇一年度發出 96 份回收 79 份。總計發出 181 份，回收 152 份，回收率 83.9%。

　　如以學群分類，資訊學群回收率 96.3%最高，其次是人文學群 90.3%，接下來是商業學群 82.3%。細目為：商業學群的會計資訊系，發出 85 份回收 70 份（一○○年度發出 45 份回收 39份、一○一年度發出 47 份回收 31 份），回收率 82.3%；人文學群的應用英文系、應用日語系，發出 62 份回收 56 份（一○○年度 28 份回收 23 份、一○一年度 34 份回收 33 份），回收率90.3%；資訊學群的多媒體設計系，發出 27 份回收 26 份（一○○年度 12 份回收 11 份、一○一年度 15 份回收 15 份），回收率 96.3%。

　　問卷包含兩部分。第一部分是勾選式，包括感受、體驗、課程設計、教學環境等四類題目 15 題，以 5 級制滿意度方式調查；第二部分進階問題，包括單元課程教學活動喜愛度排序以及課程整體印象的文字回饋等。

　　本論文的論述方式有兩大類：第一類與問卷調查相關者，包括第貳、參、肆節：這一類針對問卷調查設計、調查過程以及調查結果的統計與說明，其次是針對進階問卷內容進行分析。同時也以統計圖、表配合相關敘述內容，以為參照；第二類為檢討與對策，以筆者「情境感受學習圈」理論，作為檢討與改進並修正教學方法的依據。

二 問卷設計

　　問卷題目分兩部分，第一部分為滿意度調查：筆者預設四項指標，包括「感受」、「體驗」、「課程內容」、「教學環境」等，設計於 15 個題目中。15 題中，第 2、9、10、11、13 題以「感受」為指標；第 1、3、12、14、15 題以「體驗」為指標；第 4、5 題以「課程內容」為指標；第 6、7、8 題以「教學環境」為指標，以 5 級分勾選方式設計，分項題目內容如下：

（一）感受類

◇課程設計具有「以學生為中心」的特色。（第 2 題）

◇老師授課能夠掌握學員吸收的程度，並給予正面鼓勵。（第 9 題）

◇修課後到現在，我覺得我的閱讀與理解能力已經進步。（第 10 題）

◇修課後到現在，我覺得我的文字敘述能力已經進步。（第 11 題）

◇整體來說，我喜歡「閱讀與書寫」這個課程。（第 13 題）

（二）體驗類

◇「閱讀與書寫」課程設計新穎，令我耳目一新。（第 1 題）

◇課程設計和我的生活經驗相仿，有助於體驗學習，觸動內心情感。（第 3 題）

◇教學活動的效果良好，具有體驗學習的功效。（第 12 題）

◇我喜歡單元二「愛身」的課程活動（如下列三項）。（第 14 題）

請標示印象最深刻的活動，依 1、2、3 次序：

□照鏡子畫自己□用非慣用手寫詩　□朗誦短詩錄影與觀看

◇我喜歡單元十「大地之愛」的課程活動（如下列三項）。（第 15 題）

請標示印象最深刻的活動，依 1、2、3 次序：

□台北植物園學習之旅　□生態影片觀賞　□情境書寫（聽音樂寫感受）

（三）課程內容類

◇課程的教材與我的學習背景接近。（第 4 題）

◇我知道課程採單元設計，以「愛」為主題，共分十個單元。（第 5 題）

（四）教學環境類

✧ 我喜歡小班 40 人以下的上課方式。（第 6 題）

✧ 以小組為主、面對面座位，這樣的座位安排，讓我上課心情輕鬆。（第 7 題）

✧ 分組面對面的座位，讓我的學習與表現更好。（第 8 題）

　　問卷題目第二部分為進階題目：先於第 14、15 題中提示兩個單元課程名稱，列出 3 個單元活動，請填答者依印象深刻程度，以數字 1、2、3 標明先後次序，作為進階問題的引導題，再提問對整體課程的體驗與感受，並且讓受測者依自由意願填寫課程對受測者是否有用。問卷題目如下：

✧ 我喜歡單元二「愛身」的課程活動（如下列三項）。（第 14 題）

　請標示印象最深刻的活動，依 1、2、3 次序：

　□照鏡子畫自己 □用非慣用手寫詩 □朗誦短詩錄影與觀看

✧我喜歡單元十「大地之愛」的課程活動（如下列三項）。（第
　15題）

　請標示印象最深刻的活動，依 1、2、3 次序：

　□台北植物園學習之旅　□生態影片觀賞　□情境書寫（聽
　音樂寫感受）

　請問你對「閱讀與書寫」課程印象最深刻的是＿＿＿＿＿＿

　它對我是有用的，因為＿＿＿＿＿＿＿＿＿＿＿＿＿＿＿。

　請寫下最喜歡的課程內容或是感想。

　下列是問卷樣本：

大一國文「閱讀與書寫」課程修課後學員核心能力培養問卷調查

填寫日期：103 年＿＿＿月＿＿＿日，填寫者：學號 ＿＿＿＿＿＿＿＿

班級：□100 年閱 2　　□100 年閱 5　　□100 年閱 11

　　　□101 年閱 2　　□101 年閱 4　　□101 年閱 12

問卷設計：林靜茉老師

【問卷說明】感謝你們的回饋！已經一年半載沒有在課堂上見面了，老師想念你們！這次要請大家幫忙，填寫修課後追蹤評量問卷。這份問卷，將作為老師個人課程檢討與改進的依據，非常謝謝你的填答！

請針對大一國文「閱讀與書寫」課程回答問題 問卷題目 請勾選右方欄位	非常同意	同意	普通	不同意	非常不同意
1.「閱讀與書寫」課程設計新穎，令我耳目一新。					
2. 課程設計具有「以學生為中心」的特色。					
3. 課程設計和我的生活經驗相仿，有助於體驗學習，觸動內心情感。					
4. 課程的教材與我的學習背景接近。					
5. 我知道課程採單元設計，以「愛」為主題，共分十個單元。					
6. 我喜歡小班40人以下的上課方式。					
7. 以小組為主、面對面座位，這樣的座位安排，讓我上課心情輕鬆。					
8. 分組面對面的座位，讓我的學習與表現更好。					
9. 老師授課能夠掌握學員吸收的程度，並給予正面鼓勵。					
10. 修課後到現在，我覺得我的閱讀與理解能力已經進步。					
11. 修課後到現在，我覺得我的文字敘述能力已經進步。					
12. 教學活動的效果良好，具有體驗學習的功效。					
13. 整體來說，我喜歡「閱讀與書寫」這個課程。					
14. 我喜歡單元二「愛身」的課程活動(如下列三項)。					
請標示印象最深刻的活動，依1、2、3次序： 　　□照鏡子畫自己　□用非慣用手寫詩　□朗誦短詩錄影與觀看					
15. 我喜歡單元十「大地之愛」的課程活動(如下列三項)。					
請標示印象最深刻的活動，依1、2、3序： 　　□台北植物園學習之旅　□生態影片觀賞　□情境書寫(聽音樂寫感受)					

請問你對「閱讀與書寫」課程印象最深刻的是

＿＿＿＿＿＿＿＿＿＿＿＿＿＿＿＿＿＿＿＿＿＿＿＿＿＿。

它對我是有用的，因為＿＿＿＿＿＿＿＿＿＿＿＿＿＿＿＿＿＿＿＿＿。

請寫下最喜歡的課程內容或是感想。

謝謝你!由於你的回饋，給我更多學習與成長的機會。

圖一　問卷樣本

三　調查過程

（一）兩階段問卷發出

　　本問卷經由兩階段發出，第一階段自二〇一四年三月七日起一周內，以郵寄附回郵信件方式寄出，對象是一〇一年度修課學員。第二階段對象是一〇〇年度修課學員，以到班發放問卷方式施測，時間從三月七日起至四月十一日。

　　閱讀與書寫課程採 40 人以下小班制，編班考量係以混合各學群不同班級、打破原班學習慣性的原則。以筆者授課兩年六班為例：一〇〇年度「閱讀與書寫 2 班」，混合商業學群會計資訊系以及資訊學群多媒體設計系，計 36 人；「閱讀與書寫 5 班」，結合應用英語系與應用日文系，計 34 人；「閱讀與書寫 11 班」，由商業學群會計資訊系不同班編入，計 34 人。一〇一年度「閱讀與書寫 2 班」，由商業學群會計資訊系以及資訊學群多媒體設計系組成，計 36 人；「閱讀與書寫 4 班」，應用英語系與應用日文系組成，計 35 人；「閱讀與書寫 12 班」，商業學群會計資訊系不同班編入，計 35 人。一〇〇年度修課學員 104 人、一〇一

年度 106 人，總計 210 人。

　　原本預計問卷可以在四月十五日前順利回收完畢，卻因為筆者主觀迷思估算與客觀狀況出現落差，漏失許多訊息，導致問卷回收時程延宕至四月中旬，最後 14 份問卷遲至五月二日收回，方始塵埃落定。此外，在修課後的兩年間，學員從人數的變動（轉學、休學），到心理的變化（不想填寫問卷），加上跨越學群、班級的情況，使問卷發出與回收增添變數，原先樂觀的回收估量出現狀況。筆者在四月初又針對一〇一年度郵寄而未回寄信件的學員，採用到班發問卷施測的方式，才使得問卷發出 181 份、回收 152 份，回收率達到 83.9% 的統計水平。

　　檢視這個估算落差的問題，筆者以為有兩點值得提出。第一，主觀認定的迷思，以為修課後越久，問卷回收率越低，結果是：一〇〇年度 85 份回收 73 份，回收率 85.9%；一〇一年度 96 份回收 79 份，回收率 83.90%；第二，以為事前溫情的約定與回郵信件的傳遞，回收率較高，結果是：由教學助理到班發問卷回收比例高，回寄郵件的份數只 14 份，所以又針對一〇一年度未寄回問卷者，也採用到班發問卷方式讓學員填寫問卷。

（二）回收問卷

　　這個落差可能反映一個有趣的現象，原先，筆者設計回寄問卷的活動構想始於二〇一三年五月，筆者在課程中加入「寫給明年的自己一封信」，與學員約定在明年同期間，教師將這封信連同課程滿意度問卷寄出，學員在一年後檢視自我的變化與成長，並將這一年來的心得反映於問卷，寄回給教師作為回饋。隔年三月七日開始，信件陸續寄出，筆者發現學員們在校園見面打招呼時，也變得特別溫情，竊以為，應該會得到熱烈的回函吧！經過三個星期，私下詢問學員，發現他們收到後不免驚喜，但是大部份學員表示，不清楚問卷回寄之事。這是筆者在這問卷實施過程中的插曲，所幸學員們得知後也都樂意填答補發的問卷，沒有造成彼此的困擾。這現象或許反映出，發放問卷的方式可以再改進，一則減少問卷回收的時程，一則也可以避免調查對象誤解的情形。

　　再者，這份針對修課後兩年內學員的問卷，經過一番波折，最終也達到回收率 83.9%，顯示修課後兩年內的學員基本肯定這次的問卷調查。或許可以這麼說，計畫課程的目標強調學員的體會與感受，這些感受，需透過具體事物、行動等表達與表現出

來，以這次調查活動而言，經過一、兩年，學員在沒有被評定分數的壓力下填寫、少了強迫繳交的指令，沒有繳交期限（也許這正是問卷回收太晚的原因），也沒有「這個老師將來還會上我的課」的無形壓力，而填寫者不具名但是必須寫學號（避免重複統計），結果是：回收的 152 份問卷都能詳實勾選與填答，文字回饋也有 134 份，占回收卷的 89.9%，或許也可以作為檢視課程成果的觀察指標。

　　茲簡要列出問卷回收情形：

● 自 3 月 7 日至 4 月 11 日，發出 181 份問卷，陸續至 5 月 2 日止，回收有效問卷計 152 份，填答文字回饋的問卷共 134 份。問卷回收率 83.9%。

● 以年度說明回收情形：101 年度回收問卷 79 份，填答文字回饋的問卷共 59 份。100 年度回收問卷 73 份，填答文字回饋的問卷共 65 份。

● 以學群說明回收情形：商業 70 份，填答文字回饋的問卷共 59 份。人文 56 份，填答文字回饋的問卷共 51 份。資訊 26 份，填答文字回饋的問卷共 24 份。

（三）檢討問卷發放方法與預期心理

　　第一，抽象的價值必須透過具體的事務，以巧妙而有效方式連結，不能主觀預期或是「約定」，因為口頭承諾是抽象的情感預約，時間與空間變化的因素太多，預期效果必須因時因地調整；第二，有關「體驗與感受」的強度，並非相隔時間空間越長久，強度相對遞減，施測者必須以耐心、包容心等待之；第三，修課期間表現好的學員，不一定與修課後的回饋成正比，教師或許陷於主觀期待而出現對學員學習後感受的判斷失焦，因此，針對學員修課後的體驗與感受作調查，其結果也較客觀明確。

參　問卷調查結果統計與說明

一　年度統計

　　一〇〇年度有效問卷 73 份，一〇一年度有效問卷 79 份。各題年度滿意百分比以圖表呈現如表一、圖二：

表一　各題年度滿意度[1]

各題年度滿意百分比										
題次	答題人次	非常同意		同意		普通		不同意		非常不同意	
		101	100	101	100	101	100	101	100	101	100
1	141	38%	16%	51%	53%	11%	15%	0%	0%	0%	0%
2	144	38%	21%	46%	56%	15%	11%	1%	1%	0%	0%
3	146	41%	23%	37%	60%	23%	8%	0%	0%	0%	0%
4	144	24%	18%	39%	44%	35%	26%	1%	1%	0%	0%
5	143	44%	38%	44%	33%	11%	14%	1%	1%	0%	0%
6	144	57%	37%	29%	36%	14%	15%	0%	1%	0%	0%
7	146	44%	36%	42%	37%	14%	18%	0%	1%	0%	0%
8	148	35%	27%	47%	38%	20%	25%	0%	0%	0%	0%
9	144	43%	33%	48%	41%	9%	12%	1%	0%	0%	0%
10	147	32%	23%	47%	49%	20%	19%	1%	1%	0%	0%
11	142	30%	27%	48%	41%	19%	18%	1%	1%	0%	0%
12	147	39%	33%	46%	41%	15%	18%	1%	0%	0%	0%
13	142	44%	32%	43%	42%	9%	15%	0%	1%	0%	0%
14	121	29%	21%	38%	38%	16%	14%	1%	0%	0%	1%
15	69	13%	12%	22%	23%	15%	5%	0%	0%	0%	0%
滿意度總計		37%	26%	42%	42%	17%	16%	1%	1%	0%	0%
說明：101 年度問卷回收 79 份，100 年度問卷回收 73 份											

1　各題百分比的計算，分母一〇一年度分母數 79，一〇〇年度分母 73，總分母數是 152。每一題的答題不一定是 152，因為不一定每題都作答，但計算都以「答題數÷152（或者分年度、或分學群）」。第 14、15 兩題，或因問卷設計瑕疵，出現跳答次序題而未勾選的情況，所以答題人次相對少。茲此說明。

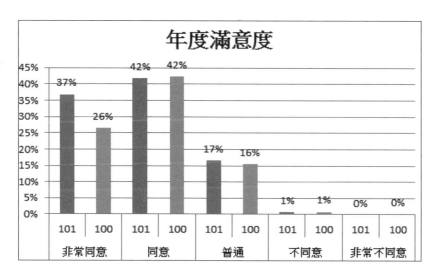

圖二　年度滿意度

二　學群統計

　　本校學生分為三類學群，商業與管理學群（以下簡稱商業學群）、人文與生活應用學群（以下簡稱人文學群）、資訊學群。筆者授課班級一〇一年度、一〇〇年度，分別來自以上三個學群，兩年度的有效問卷，包括商業學群 70 份，人文學群 56 份，資訊學群 26 份。學群滿意度統計表圖如表二、圖三、圖四、圖五：

表二　學群滿意度

題次	非常同意	同意	普通	不同意	非常不同意	非常同意	同意	普通	不同意	非常不同意	非常同意	同意	普通	不同意	非常不同意
	商業					人文					資訊				
	有效問卷 70					有效問卷 56					有效問卷 26				
1	33%	44%	7%	0%	0%	18%	61%	21%	0%	0%	35%	54%	12%	0%	0%
2	36%	41%	10%	1%	0%	20%	61%	18%	0%	0%	35%	54%	12%	0%	0%
3	33%	43%	16%	0%	0%	29%	54%	18%	0%	0%	38%	50%	12%	0%	0%
4	21%	40%	27%	1%	0%	16%	41%	39%	0%	0%	31%	46%	23%	0%	0%
5	40%	31%	13%	1%	0%	45%	39%	16%	0%	0%	38%	58%	4%	4%	0%
6	44%	31%	11%	1%	0%	46%	30%	23%	0%	0%	58%	38%	4%	0%	0%
7	40%	37%	13%	1%	0%	39%	38%	23%	0%	0%	42%	50%	8%	0%	0%
8	31%	39%	20%	1%	0%	30%	48%	25%	0%	0%	35%	42%	23%	0%	0%
9	37%	40%	9%	1%	0%	38%	46%	16%	0%	0%	42%	54%	4%	0%	0%
10	29%	44%	19%	1%	0%	23%	54%	21%	0%	0%	35%	46%	19%	0%	0%
11	31%	39%	17%	1%	0%	16%	61%	20%	0%	0%	50%	27%	19%	0%	0%
12	37%	40%	14%	1%	0%	32%	45%	23%	0%	0%	42%	50%	8%	0%	0%
13	39%	41%	10%	1%	0%	36%	41%	16%	0%	0%	42%	50%	8%	0%	0%
14	19%	41%	10%	1%	1%	27%	36%	23%	0%	0%	38%	35%	12%	0%	0%
15	16%	20%	9%	0%	0%	11%	25%	13%	0%	0%	8%	23%	12%	0%	0%
總計	32%	38%	14%	1%	0%	28%	45%	21%	0%	0%	38%	45%	12%	0%	0%

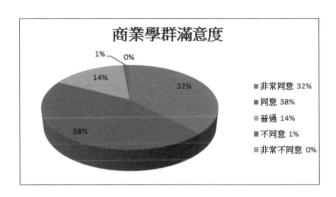

圖三　商業學群滿意度

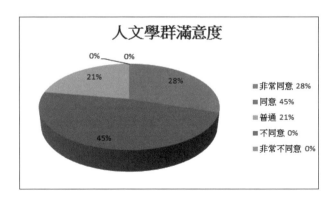

圖四　人文學群滿意度

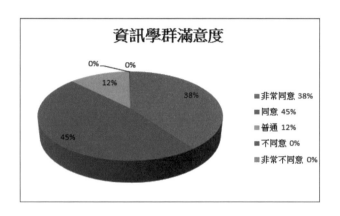

圖五　資訊學群滿意度

三　問卷分類統計

　　問卷第一部分 15 題有四項滿意指標，包括「感受」、「體驗」、「課程設計」、「教學環境」等，茲以此分 4 類。這 15 題，第 2、9、10、11、13 題以「感受」為指標，為「感受類」；第 1、3、12、14、15 題以「體驗」為指標，為「體驗類」；第 4、5 題以「課程內容」為指標，為「課程內容類」；第 6、7、8 題以「教學環境」為指標，為「教學環境類」。問卷以 5 級分勾選方式設

計，分項題目內容與各題滿意度，詳細數字已如前列（第貳節及表一），此處以滿意度第 1、2 級非常同意與同意製作，如表三、圖六，分析不同學群對於四項指標的滿意趨向。

表三　題目分類滿意度

題目分類	非常同意與同意		
	商業	人文	資訊
感　　受	65%	89%	87%
體　　驗	65%	67%	75%
課程內容	66%	71%	87%
教學環境	74%	77%	88%
總 平 均	67.5%	76%	84.3%

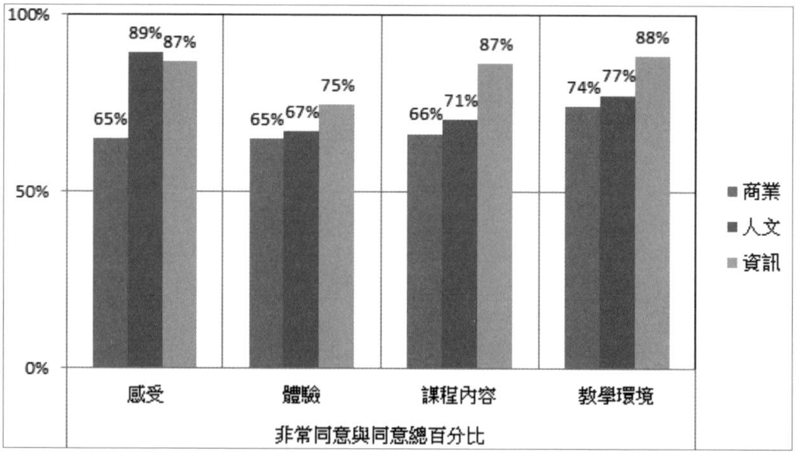

圖六　題目分類滿意圖

　　從總平均看，資訊學群滿意度 84.3%最高；其次是人文學群的 76%；商業學群的滿意度在 67.5%。

　　以學群對於四項指標的滿意度來看，資訊和商業學群對於「教學環境」的滿意度高於其他三項指標，顯示「小班 40 人以下的上課方式。」（第 6 題）、「小組為主、面對面座位，讓我上課心情輕鬆。」（第 7 題）、「分組面對面的座位，讓我的學習與表現更好。」（第 8 題）這樣的教學環境提高了學員的學習意願；

人文學群對於「感受」類的滿意度最高，顯示「課程設計『以學生為中心』」（第 2 題）、「老師授課能夠掌握學員吸收的程度，並給予正面鼓勵。」（第 9 題）、「修課後到現在，覺得自己的閱讀與理解能力、文字敘述能力已經進步。」（第 10、11 題）以及「整體來說，喜歡『閱讀與書寫』這個課程。」（第 13 題）這種以學生為中心、教師給予正面鼓勵的授課方式，讓學員對課程設計感到滿意，並且在修課之後，覺得自己在閱讀與理解能力、文字敘述能力已經進步，對於整體課程感到滿意，顯示人文學群對於「感受」指標的滿意趨向。

　　滿意度在學群四項滿意度落在最後者，以「體驗類」最明顯：人文學群對於此類的滿意度與最高者差距 22%（89%-67%），資訊學群差距也在 13%（88%-75%），商業學群差距在 9%（74%-65%），檢視其中原因，發現第 14、15 題「喜歡單元『愛身』的課程活動（如下列三項）。」、「喜歡單元『大地之愛』的課程活動（如下列三項）。」，可能是問卷設計的標示不明，有許多學員沒有勾選這兩題，而只填答喜愛次序。若不計這兩題，則「課程設計的新穎。」（第 1 題）、「課程設計和我的生活經驗相仿，有助於體驗學習，觸動內心情感。」（第 3 題）、「教學活動的效果良好，具有體驗學習的功效。」（第 12 題）也分別在商業

學群有 72% 的滿意度、人文學群 79%、資訊學群 89%。對於體驗學習的滿意度，如果進一步檢視學員的文字回饋（參見頁 113-120），可以合理判斷，學員對於「體驗與感受能力」結合的修課收獲是滿意的。

至於「課程內容」類，問卷題目：「課程的教材與自己的學習背景接近。」（第 4 題）「知道課程採單元設計，以『愛』為主題，共分十個單元。」（第 5 題），就滿意度而言，各學群「非常同意與同意」比例與其他三項指標沒有特別差距，但是勾選「普通」卻是 15 題中比例最高的，分別於商業、人文、資訊學群占有 27%、39%、23%。（參見表二：學群滿意度）可能的解讀是，大約有 1/4-1/3 的學員對於「課程教材與自己的學習背景接近」，持保留態度，這一點，也許可以提供教師在課程設計與教材的選擇參考，讓體驗式學習的教材內容，更貼近學員的學習背景，以收體驗學習之效。

四　進階問卷題目調查結果統計與分析

（一）關於課程單元教學活動喜愛度分析

　　問卷題目第二部分為進階題目：先於第 14、15 題中提示兩個單元課程名稱，各列出三個活動，請填答者依印象深刻程度，以數字 1、2、3 標明先後次序，作為進階問題的引導，再提問對整體課程的體驗與感受，並且讓受測者依自由意願填寫課程對受測者是否有用。問卷題目如下：

---

14. 我喜歡單元二「愛身」的課程活動（如下列三項）。（第 14 題）

　　請標示印象最深刻的活動，依 1、2、3 次序：

　　□照鏡子畫自己　□用非慣用手寫詩　□朗誦短詩錄影與觀看

15. 我喜歡單元十「大地之愛」的課程活動（如下列三項）。（第 15 題）

　　請標示印象最深刻的活動，依 1、2、3 次序：

　　□台北植物園學習之旅　□生態影片觀賞　□情境書寫（聽音樂寫感受）

分數計算：填 1 者給 3 分，填 2 者給 2 分，填 3 者給 1 分。以下
分別就兩個課程單元教學活動喜愛度調查結果作分析：

1.「愛身」教學活動喜愛度分析

表四　「愛身」教學活動喜愛度分析（依年度）[2]

年度	101					100					
題目　　學群	商業	人文	資訊	小計	百分比	商業	人文	資訊	小計	百分比	總百分比
照鏡子畫自己	65	61	31	157	37%	55	41	22	118	30%	33%
用非慣用手寫詩	70	70	30	170	40%	89	56	25	170	43%	42%
朗誦短詩錄影與觀看	36	41	20	97	23%	57	28	19	104	27%	25%

2　依年度分喜愛度百分比，計算公式是「年度各個活動小計÷3 個年度活動
　　總分」，總百分比為年度百分比平均數。

表五　「愛身」教學活動喜愛度分析（依學群）

學群分類	商業	百分比	人文	百分比	資訊	百分比
照鏡子畫自己	120	32%	102	34%	53	36%
用非慣用手寫詩	159	43%	126	42%	55	37%
朗誦短詩錄影與觀看	93	25%	69	23%	39	27%

　　有關「愛身」教學活動喜愛度，二個學群不分年度，都以「非慣用手寫詩」的活動設計反應最好，占 42%上下，資訊學群略低，占 37%，此學群對於「照鏡子畫自己」也有同樣比率的喜愛度，差距只在 1%，這可能與多媒體設計系學員的繪畫背景有關。

　　「照鏡子畫自己」與「朗誦短詩錄影與觀看」兩個活動喜愛度相比較，前者喜愛度高，以年度來說：一○○年度學員 30%比 27%，差距在 3%；一○一年度 37%比 23%，差距在 14%。以學群比較兩者，人文與資訊學群差距都在 9%，商業學群差距小，落在 6%。

　　由調查結果可知，學員對於「用非慣手書寫」的活動設計有著高度的體驗與感受樂趣，在筆者授課過程中，這項活動也是最受學員歡迎的。比較三項活動的性質，受喜愛的的因素可能包

括：活動的簡易操作性、認知的新鮮度（左右腦並用等觀念）、成就感的顛覆性與趣味（字形好壞沒有了標準，反而增添學習樂趣），學員覺得可以在沒有壓力情境下，用新的方式欣賞自己，因此改變對自己刻版的想法與評斷。在此引一位學員在問卷文字回饋的內容，問題問：「針對課程印象最深刻的是什麼？」他回答：「用非慣用手寫字。」問題接著問：「它對我是有用的，因為……」學員接著回答的內容是：「因為大家都不習慣這樣寫字，所以練習當天現場氣氛很歡樂；覺得平常沒用過的方式，感覺很新鮮，可以體驗用不同的方式過自己的人生。」（見本書頁116 (2)）可以作為學員之所喜愛此活動的代表答案。

「照鏡子畫自己」與「朗誦短詩錄影與觀看」兩項活動，是「愛身」課程對於「觀看」概念的體驗學習活動，在課堂操作中，教師須引導學員於活動進行時感覺自己的身體，並且分辨「感受」與「思考」的不同，也須適時引導學員說出自己的感受，而不是找正確答案。也許因為學員長期對於身體觀看訓練的生疏與羞澀，這兩項活動要達到「體驗與感受」的目標相對不易，但是在文字回饋中，也有四筆對於「照鏡子畫自己」活動印象深刻的描述內容，從「更清楚自己的容貌」、「對自己的樣子更清楚」到「更認識自己」、「更了解自己」。進一步檢視這些體驗程度，

我們看到，從「清楚」、「認識」到「了解」的描述，這些學員或多或少已觸及「觀看中的感受」與「找答案」的差異了。可見體驗活動有助於改變學習慣性。此外，「朗誦短詩錄影與觀看」回饋也有一筆，內容是：「跟大家一起朗誦，我喜歡像說書一樣的感覺。」這種與「音韻——聽覺」連結的表達，也是有趣的回饋，屬於意外的教學收獲。

2.「大地之愛」教學活動喜愛度分析

表六　「大地之愛」教學活動喜愛度分析（依年度）

年度					101					100	
題目　　學群	商業	人文	資訊	小計	百分比	商業	人文	資訊	小計	百分比	總百分比
台北植物園學習之旅	75	80	31	186	44%	92	61	27	180	45%	45%
生態影片觀賞	40	42	21	103	24%	57	29	16	102	26%	25%
情境書寫（聽音樂寫感受）	56	52	29	137	32%	61	33	21	115	29%	30%

表七　「大地之愛」教學活動喜愛度分析（依年度）

學群分類	商業	百分比	人文	百分比	資訊	百分比
台北植物園學習之旅	167	44%	141	47%	58	40%
生態影片觀賞	97	25%	71	24%	37	26%
情境書寫（聽音樂寫感受）	117	31%	85	29%	50	34%

「大地之愛」教學活動喜愛度，不分年度與學群，都以「台北植物園學習之旅」的活動設計反應最好，二個學群平均在44%-47%之間，資訊學群相對較低，但也占40%。

「生態影片觀賞」與「情境書寫（聽音樂寫感受）」兩個活動，又以後者受喜愛度高，以年度來說，一○○年度學員差距較小，在3%，一○一年度差距較大，在8%。以學群來說，資訊學群差距在8%，人文學群差距5%，商業學群差距6%。資訊學群相較之下，對於情境書寫有偏高的傾向，這可能與多媒體設計系的藝術背景有關。

由調查結果可知，學員對於「台北植物園學習之旅」的活動設計有著高度的體驗與感受樂趣，在筆者授課過程中，這項活動也是最受學員歡迎的。

從單元課程活動設計理念來說，三個活動的實施順序是「台

北植物園學習之旅」，其次是「生態影片觀賞」，最終是「情境書寫（聽音樂寫感受）」。教學活動次序安排，目的是希望先以戶外大地教室與身體作五感體驗，開啟學習之窗；接著，帶入生態保育觀念、培養愛自然的意識；最終，在聽音樂情境中書寫感受。學員從「體驗」到「意識」覺醒到情意「紓發」，認知以及理性與感性交融，達到「我知自然、自然知我」，與自然相融一體的和諧滿足感，體現「大地之愛」單元課程的教學目標與目的，這也是課程設計的初衷。

　　檢視目標設立與修課後學員的體驗與感受，從上列三項活動受歡迎比例來看，學員對於「台北植物園學習之旅」最感興趣，且大幅高於其他兩項活動，差距 13%-14%（資訊學群除外，差距在 6%）；而「情境書寫」活動需要認知與思考（理性），結合深度感受，以感性文字紓發情意，屬於「體驗與感受」的進階能力，這項能力表現以資訊學群較好，占 34%。但是與「生態影片觀賞」活動的教育主題相較，學員的喜愛度就不如情境書寫活動，可能原因是，情境書寫有較多的自主性，文字書寫可以自由發揮，而生態影片認知與理性成分高、行為規範性強，受到喜愛的程度也相對低。

　　小結：綜合兩個課程單元的體驗式學習活動，學員喜愛度因

素：體驗性的、強調感受、感性的，受喜愛的程度大於認知、思考與理性的規範，這也顯示體驗式學習課程強調「體驗與感受」的情意性特點，但是，認知、思考與理性能力也是培養感性能力重要的一環，沒有後者，體驗與感受易流於熱鬧的、感覺的表象學習；進一步說，體驗式學習課程如果沒有感性的進階導引，則學習活動不免落入顛覆性、新鮮趣味性的表演。以「用非慣用手寫詩」或「台北植物園學習之旅」受喜愛的體驗式學習活動來說，活動本身已蘊涵進階的體驗感受設計，因為學員必須移動身體（到戶外）或改變身體習性，學員也可以在較自由的空間下「打開」心扉，與多元豐富的訊息交流，譬如走出教室體驗戶外風光、譬如看到用非慣用手的同變得不靈活而覺得有趣，學員在視、聽、嗅、觸、味等五感中找到來自身體、內心的感受，這正是體驗式學習「從做中學」的表現。課程目標最初是讓學員覺得可以在沒有壓力的情境中感知，接下來，用新的（非慣性的）方式欣賞自己，最終，改變對自己刻版的想法與評斷。筆者以為，從「體驗與感受」調查數字看來，體驗式學習導入的成果是有收穫的。

（二）對於整體課程的印象與感想

第二部分進階題目文字回饋，問題如下：

請問你對「閱讀與書寫」課程印象最深刻的是＿＿＿＿＿。

它對我是有用的，因為＿＿＿＿＿＿＿＿＿＿＿＿。

請寫下最喜歡的課程內容或是感想。

以下是問卷填答文字回饋的情形：

● 發出 181 份問卷，回收有效問卷計 152 份，填答文字回饋的問卷共 134 份。文字回饋率 88.2%。

● 以年度說明：101 年度回收問卷 79 份，填答文字回饋的問卷共 59 份，文字回饋率 74.7%；100 年度回收問卷 73 份，填答文字回饋的問卷共 65 份，文字回饋率 89.0%。

● 以學群說明：商業 70 份，填答文字回饋的問卷共 59 份，文字回饋率 84.3%；人文 56 份，填答文字回饋的問卷共 51 份，文字回饋率 91.1%；資訊 26 份，填答文字回饋的問卷共 24 份，文字回饋率 92.3%。

以下依照文字回饋內容，依題意將前部分的文字回饋的內容歸納為「感受」、「體驗」、「課程內容」、「教學環境」，以配合前文

所述之四項指標參看；後半部分文字回饋的內容歸納出五種能力，包括思考、感受、表達、閱讀與書寫能力，這五種能力的關聯性是：由內而外、從感受到思考，接著是表達與表現（包括閱讀與書寫能力）。前者作為縱軸，後者列於橫軸，交叉對照，得到結果，作為檢視學員達到「體驗與感受」成效的參考。

表八　文字回饋內容分析

	思考能力	感受能力	表達能力	閱讀能力	書寫能力
感　受	1	18	1	3	4
體　驗	2	41	2	17	3
課程內容	1	20	3	6	8
教學環境	0	0	1	0	0
有效填答數	131*				

表九　文字回饋內容分析百分比[3]

	思考能力	感受能力	表達能力	閱讀能力	書寫能力
感　　受	0.8%	13.7%	0.8%	2.3%	3.1%
體　　驗	1.5%	31.3%	1.5%	13.0%	2.3%
課程內容	0.8%	15.3%	2.3%	4.6%	6.1%
教學環境	0.0%	0.0%	0.8%	0.0%	0.0%

* 說明：134 筆文字回饋內容，有 3 筆與本調查無直接相關內容，列入檢討參考（見頁 121），不計入有效填答總數。

　　茲列出表中百分比最高的四項：體驗與感受能力的結合 31.3%，課程內容與感受能力的結合 15.3%，感受與感受能力的結合 13.7%。體驗與閱讀能力的結合 13.0%。

以下列出代表性的回饋內容。

3　文字回饋內容分析百分比計算方式，內容分析百分比＝每一人次文字回饋內容對照縱、橫軸的小計÷有效總數 131。內容縱軸是「印象深刻課程」的滿意度指標分類（共 4 項），橫軸是「它對我有用」的能力類別（5 種），每位填寫者的回饋內容先作分析歸類，再交叉對照，填入每一人次在表格中的位置。

1. 體驗與感受能力

（1）用非慣用手寫字；

　　體會一班平時我們未有過的嘗試及體會如四肢不便之人的體驗。

（2）用非慣用手寫字，因為大家都不習慣這樣寫字，所以練習當天現場氣氛很歡樂；

　　覺得平常沒用過的方式，感覺很新鮮，可以體驗用不同的方式過自己的人生。

（3）有關情感的書寫；

　　讓更深層的檢視自己的情感與觀察身邊的所有。

（4）以最輕鬆的學習方式獲得最大的學習效果；

　　有許多單元都和自己的生活經驗有關，獲得不少啟發。

（5）有關情感的書寫；

　　讓更深層的檢視自己的情感與觀察身邊的所有。

說明：這項「體驗與感受能力」結合，以 31.3%占比率最高。顯示體驗活動確實能帶出學員的感受能力，這項成效，與體驗式學習課程的目標設立也是吻合的。

2. 課程內容與感受能力

（1）家鄉；

　　教學開放，讓人印象深刻。

（2）校外學習；

　　親身體會、感受，得到的更多。

（3）關於家人的這個單元；

　　它深深的觸動我內心的情感。

說明：這項「課程內容與感受能力」結合，以 15.3%居次。說明課程內容促使學員感受能力更好，體驗式學習的課程內容，能夠落實培養學員的感受能力。

3. 感受與感受能力

（1）幾乎都蠻深刻的；

　　我很喜歡這個課程，透過很多不同的角度挖掘自己的內心，雖然不是文筆多好，可是課堂中不斷鼓勵大家寫作，老師和 TA 們也很認真的透過我的文章了解我，每次寫完總會有種釋放的感覺。

（2）情感的表達；

　　能有這麼一門課，學會從心出發，能夠傾聽與分享，

　　去體會並記錄當下的感受，是我內心的寶藏。

（3）每次寫作都很深刻；

　　那個時候才把心安靜下來思考，很棒。

（4）老師無比的耐心；

　　更欣賞「愛」。

說明：這項「感受與感受能力」結合，以 13.7%緊追前項。顯示學員對於整體課程有著深刻的「感受」，學員表現為向內體察、釋放情感的感受能力。這是體驗式學習課程以學員為中心，學員成為「情境感受學習圈」核心的展現。這種連結的現象，有助於從感受到感性能力的轉化[4]。

4　筆者也發現，這些學員確實也在當年授課時，有較好的專注與學習能力。未來或者可以將這些學員列入面訪名單，持續檢視這些學員關於感性與創意能力的表現。

4. 體驗與閱讀能力

（1）很特別的經驗；

　　學習到很多知識。

（2）植物園；

　　可以了解植物，接近大自然。

（3）台北植物園學習之旅；

　　可以讓我學習更多植物生長相關知識。

說明：體驗式學習的體驗活動得到學員們的認同，學員感到在閱讀書寫能力的表現上是有用的。這項「體驗與閱讀能力」結合的百分比，也在 13.0%。

5. 其他

（1）校外教學（林家花園、植物園）；

　　學習較生動的知識和課本看不到的實體。（體驗與思考、感受能力）

（2）寫一封未寄出去的情書與寄給家長的信和家長寄回的回信；

　　能寫出說不出口的話和探究自己內心深處的情感。（體驗與表達能力）

說明：其他像「課程內容與書寫能力」、「課程內容與閱讀能力」分別占 6.1%、4.6%，說明書寫能力與閱讀能力，因為課程內容而提升了這項能力。

　　此外，關於教學環境與各項能力的結合表現，只有 1 筆，是教學環境與表達能力的內容[5]。這現象可能的解讀是：與上述對於課程印象與能力表現相比，教學環境相對滿意，所以沒有特別意見，另一方面來說，教學環境並非學員最在意，具體的學習收穫顯得更重要。

肆　研究結果與討論

一　教師的角色扮演

（一）與傳統角色對照

　　傳統授課與體驗式學習導入國文教學的對照說明，見本書第 22 頁。

5　學員填寫：「座位的安排；可以和同學互相討論問題。」

　　筆者於三年來執行教育部閱讀書寫課程推動計畫，並以體驗式學習導入設計課程與實際授課，相對於筆者也同時期執教的傳統式國文，吾人以為，就本校學生的評量反映數據而言，學生對於體驗式學習導入的國文教學是歡迎的，對於以閱讀書寫為前提、大量寫作的國文課，他們的回饋也是令人滿意的。

　　但是也有少學員在問卷文字回饋時反映：「和原本期望和印象中的國文課不同、差異大，希望上一般的國文課！」、「兩年前，忘光了。」、「去植物園玩，被蚊子叮很多包。」，雖然這些與本調查無直接相關，不計入有效填答（見表八說明，頁115）意見，但是當中反映的情緒，也值得注意與重視。

　　比如在第三年計畫課程中，加入相應於主題的古文篇章，筆者發現，大部分學員因為古今知識或生活經驗的落差，情意性的教學成果不容易展現，往往事倍而功少，教學歷程不易形成循環回饋。舉個例子，譬如吾人設計「愛身」單元，選錄沈復《浮生六記》的〈養生記道〉，有一段講靜坐的內容，用以對身體體驗與感受的課程主題呼應，文章說：「大約從事靜坐，初不能妄念盡捐，宜注一念，由一念至於無念，如水之不起波瀾。寂定之餘，覺有無窮恬淡之意味，願與世人共之。」當吾人講授完畢後，發現學員表情木訥，身體內縮僵硬，當導入呼吸調息活動、

播放愛身示範影片時，眼神柔和了些，接著播放《逆光飛翔》電影幕後花絮——跟著呼吸隨夢想翩翩起舞，由舞蹈家許芳宜說出：「跟自己的身體學習。」這時，影片的視聽情境帶出與主題呼應的內容，學員臉上漾出笑容，僵直抱胸的雙手也鬆開自由地垂放。

（二）隱藏版教師

由此可見，體驗式學習課程目標設立是：重視「每位學員的體驗與感受」，較傳統式教學以「篇章的認知與吸收」比較，更能連結學員的內心感受。感受的連結，是學習的核心價值，也是學習的動能。因此，即使從事古典篇章教學，筆者也會在課程中先立價值約定、主題目標，再穿插設計相應的體驗式學習活動。目的在連結學習者的情意感受，這樣一來，課程氣氛和諧、情意交流，整體教學成果也明顯提升。

「情境感受學習圈」理論提及體驗式學習導入國文課程的「四個步驟」，包括：活動與分享、教師回饋、篇章閱讀與書寫、教師與學員回饋等。為了說明「隱藏版教師」的角色扮演，再引述如下：

1. 活動與分享：教師觀察團隊在活動過程中的情況與表現。教師對學員提出在活動過程觀察的具體描述。學員分享活動過程的感受。

   這個階段對應的學習進路是：「是什麼？」強調學員身臨其境的感受。

2. 教師回饋：教師摘要與彙集學員的體驗以及想法，進行回饋，但是不做結論與提供答案。

   這個階段對應的學習進路是：「什麼是？」學員作換位思考，從不同角度思考，改變學習慣性。

3. 篇章閱讀與書寫：閱讀引導視學員當時情境設計調整，不一定給問題或先給問題。書寫的目的以情感流露為主，不要強調文字表現。

   這個階段對應的學習進路是：「現在是。」學習者經歷體驗與感受，經此階段「閱讀與書寫」的思考、分析、歸納與文字運用，讓學習者內化所學，積澱於心，回到自己的身體感以及心理。

4. 教師與學員回饋：引導學員觀看自己在閱讀與書寫過程中產生認知、理解與感受的過程。學員回饋對課程（活動、閱讀、書寫）的整體感受。

　　這個階段對應的學習進路是：「我是。」經由回到自己的身體感以及心理的內化階段，再透過觀看（團體參與）、學員回饋的表現，培養學習者整體感受，轉化提升學習者的感受層次與深度。

「四個步驟」次序順時操作，不限定哪一個步驟開始，哪一個步驟終結。筆者將「篇章閱讀與書寫」放入操作步驟，用意在轉換「篇章閱讀與書寫」為另類的體驗式學習，學員在四個體驗步驟融合學習歷程中，培養感受的靈敏度，一一匯聚於感覺接受的核心──每一個學習者，也就是「我」──經過不斷的匯聚，最終達到將感受轉化為感性與體會能力，開發創造能力。

　　體驗式學習課程的教師角色，猶如網頁中的「隱藏版」，教師具有引導與連結的功能，但是卻非課程中的主角。課程的主角轉移到每位學員，每位學員都是學習的核心，透過分組討論與合作，他同時也是整體的一分子，使得整體課程與個體感受有機地結合。筆者以為，這是有趣而具意義的嘗試，執行計畫三年以來，也轉變了教學「習性」，變得更有耐心與包容心，課堂氣氛的整體和諧度有了明顯的提升。表面看起來，「隱藏版」的教師少了「威嚴」與「經典」的加持，也少了「督促」與「鞭策」的競爭利器，如此，只重視每個學員「體驗與感受」的教學方法，

是否對於學員「有用」？而檢視這種課程的成果，也不能流於理論與主觀感覺。因此，筆者針對修課後的學員進行調查，考察修課後經過一年、兩年，學員是否已然忘卻課程種種？抑或與學員內心相應，在生活與生命層次有著更深的「體驗與感受」？

這項回饋，在本次問卷調查結果與文字回饋內容中，得到正面迴響，整體滿意度 73%[6]；文字回饋共計 134 筆，131 筆表示肯定與認為學習此課程「有用」[7]。這些數據，可以作為本課程以「體驗與感受」作為核心價值的成果說明。

至於教師角色，問卷第 9 題問到：「教師授課能掌握學員吸收的程度，並給予正面鼓勵。」也分別得到商業學群 77%、人文學群 84%、以及資訊學群 96% 的滿意回饋（非常同意與同意百分比）。這些結果說明，教師扮演的角色，可以依照課程目標而調整，學習效果也能得到學員的共鳴[8]。

6　見頁 97 圖二：年度滿意度，一○一年度（非常同意與同意）合計 79%，一○○年度（非常同意與同意）合計 68%，整體滿意度 73%。

7　見頁 114 表八：文字回饋內容分析。

8　有趣的現象是，問卷並不以教師為評量對象，但是以「老師」為前提的回饋內容也有 12 筆，占 8.9%（內容例如頁 118 (4)），學員們有情的表現，說明「隱藏版」教師，不會被遺忘。

二 情境感受學習圈運用的成效

（一）情境感受學習圈理論與圖例

頁│126

　　茲列引情境感受學習圈圖例並簡要說明理論要點，以為成效說明的參考：

　　國文教學融入體驗式教學活動，此構思與理論參見本書第二章，體驗式學習與傳統訓練的最大區別在於後者以教師為中心，而前者以學員為主。作為閱讀與書寫訓練的國文教學，適當地引入「體驗式學習」，將傳統以教師為中心，轉換為以學習者為主角，嘗試換位學習，以活動體驗引導學習者經驗與篇章情境連結，經由閱讀、書寫、分享、回饋交互運用，達到融入生命情境，感知生命意義，最終能轉化學習慣性，就內化而言，學習者能體悟生命的獨特性，能賦予生命意義；就外展而言，能開發潛能，發揮創意。

　　「情境感受學習圈」[9]，學習圈「圈」的意義，強調正向學習的循環、互轉，圖的結構包括：「四個『是』、二個融入點、四

9　見本書第二章，頁 32。

個步驟、一個核心。」四個「是」的設計概念與目的,「是什麼?」代表「身臨其境」;「什麼是?」代表「換位思考」;「現在是。」代表「回到自身」;「我是。」代表「轉化提升」;二個融入點,「目標設立與價值約定」、「真實情境」;四個步驟,基本與原設計理念相同,包括,活動與分享、教師回饋、篇章閱讀與書寫、教師與學員回饋等。步驟次序順時操作,不限定哪一個步驟開始,哪一個步驟終結。筆者將「篇章閱讀與書寫」放入操作步驟,用意在轉換「篇章閱讀與書寫」為另類的體驗式學習,學員在四個體驗步驟融合學習歷程中,培養感受的靈敏度,一一匯聚於感覺接受的核心,也就是一個核心,即每一個學習者,也就是「我」,這個「我」,經過不斷的匯聚,最終達到將感受轉化為感性與體會能力,開發創造能力。

　　體驗式學習進路由「四個『是』」作情境感受引導。步驟次序順時操作,不限定哪一個步驟開始,哪一個步驟終結。圖的核心,放入太陽圖形,象徵每一位學員都是課程中心,發出光芒形狀,表現學習者最終能自主學習,感知閱讀與書寫的價值與意義,體驗生活與生命的豐富與美好,並能發散「愛」的能量的人。

（二）情境感受學習圈運用成效

　　以學習者的「體驗與感受」為軸心，將體驗式學習導入課程中，透過多面向的課程內容、教學環境等不同形式刺激，與學習者互動相應，使學習者感知「我在」的本質。此外，教師依據學員的人格特質，設立形式表現的標準，對學員的思考、感受、表達、閱讀、書寫能力等等進行評量與考核，以避免「體驗與感受」因缺乏知性與理性的規範而流於感覺與表演。

　　下圖仿「情境感受學習圈」的運作循環模式，將「太陽核心」代換為「我在」；放入「課程單元主題」，表示單元主題依體驗式學習模式進行。「太陽核心」代換為「我在」，表示課程「以學員為中心」，即體驗與感受的相應「軸心」；「課程單元主題」包括課程內容與教學環境的形式運用，與軸心關係是環繞的、連結互動的、正向循環、生生不息的。形式中以「？」表示者，代表每位學員在課程之外，還有不同的生活與生命課題，每位學員未來的生活與生命歷程，將有更多的挑戰與磨練，而軸心「我在」的本質性把握，將是每位學員學習與體會的核心課題。

圖七　情境感受學習圈生活運用圖解

三　體驗式學習導入國文課程的成果檢視

茲以問卷統計數字對照檢視課程成果：

表十一　學群及、年度與題目分類滿意度對照

題目分類	商業學群		人文學群		資訊學群		101年度總計	100年度總計	問卷題目（標示原題次）
	101年度	100年度	101年度	100年度	101年度	100年度			
感受	77%	77%	85%	74%	93%	82%	84%	77%	2. 課程設計具有「以學生為中心」的特色。
感受	94%	64%	85%	83%	100%	91%	91%	74%	9. 老師授課能夠掌握學員吸收的程度，並給予正面鼓勵。
感受	74%	72%	79%	74%	87%	73%	78%	73%	10. 修課後到現在，我覺得我的閱讀與理解能力已經進步。
感受	77%	64%	79%	74%	80%	73%	78%	68%	11. 修課後到現在，我覺得我的文字敘述能力已經進步。
感受	94%	69%	79%	74%	93%	91%	87%	74%	13. 整體來說，我喜歡「閱讀與書寫」這個課程。
小計	83%	69%	81%	76%	91%	82%	85%	76%	以上感受類

題目分類	商業學群		人文學群		資訊學群		101年度總計	100年度總計	問卷題目（標示原題次）
	101年度	100年度	101年度	100年度	101年度	100年度			
體驗	94%	64%	85%	70%	87%	91%	89%	70%	1.「閱讀與書寫」課程設計新穎，令我耳目一新。
體驗	74%	77%	76%	91%	87%	91%	77%	84%	3. 課程設計和我的生活經驗相仿，有助於體驗學習，觸動內心情感。
體驗	90%	67%	76%	78%	93%	91%	85%	74%	12. 教學活動的效果良好，具有體驗學習的功效。
體驗	74%	49%	64%	61%	60%	91%	67%	59%	14. 我喜歡單元二「愛身」的課程活動（如下列三項）。
體驗	48%	26%	30%	43%	13%	55%	34%	36%	15. 我喜歡單元十「大地之愛」的課程活動（如下列三項）。
小計	76%	56%	66%	69%	68%	84%	70%	70%	以上體驗類

題目分類	商業學群		人文學群		資訊學群		101年度總計	100年度總計	問卷題目（標示原題次）
	101年度	100年度	101年度	100年度	101年度	100年度			
課程內容	58%	64%	61%	52%	80%	73%	63%	62%	4. 課程的教材與我的學習背景接近。
課程內容	90%	56%	82%	87%	100%	91%	89%	71%	5. 我知道課程採單元設計，以「愛」為主題，共分十個單元。
小計	74%	60%	71%	70%	90%	82%	78%	71%	以上課程內容類
教學環境	84%	69%	85%	65%	93%	100%	86%	73%	6. 我喜歡小班40人以下的上課方式。
教學環境	81%	74%	91%	57%	87%	100%	86%	73%	7. 以小組為主、面對面座位，這樣的座位安排，讓我上課心情輕鬆。
教學環境	74%	67%	94%	57%	73%	82%	82%	66%	8. 分組面對面的座位，讓我的學習與表現更好。
小計	80%	70%	90%	59%	84%	94%	85%	74%	以上教學環境類

題目分類	商業學群		人文學群		資訊學群		101年度總計	100年度總計	問卷題目（標示原題次）
	101年度	100年度	101年度	100年度	101年度	100年度			
11-13題平均	82%	68%	81%	72%	89%	87%	84%	76%	扣除 14、15 題（題目設計瑕疵，已說明如第參章第三節）
總平均	79%	64%	77%	69%	82%	85%	79%	73%	含 14、15 題

（一）從年度滿意度來看

　　由表十一統計得出，一〇一年度學員滿意度（非常同意與同意）為 79%；一〇〇年度學員滿意度為 73%。修課後一年與兩年內學員滿意度對照，有 6% 的差距。是否意謂修課後越久，滿意度越低？其中原委，值得進一步探討。茲將學群及、年度與題目分類滿意度對照如表十一，從問卷題目中分析探討。

　　從表列結果探討修課後越久，是否滿意度下降的問題？試以第 1、9 題與第 3 題比對說明之。修課後兩年的學員對於「課程

新穎」（第 1 題、體驗類）、「教師印象」（第 9 題、感受類），較修課一年的學員低約 17-19%；對於「體驗學習，觸動內心情感」（第 3 題、體驗類），感受深，卻比修課一年的學員滿意度增加 7%，其中，人文學群同題滿意度一○○年度 91%，高於同學群一○一年度的 76%，達 15%。這現象，配合「以學生為學習中心」（第 2 題，感受類）的一○○年度滿意度 77%，與同年度平均滿意度 73%，高出 4%，筆者以為，這也許可以作為說明修課學員「體驗與感受能力」深化的參考數字。

　　推想：學員經過修課兩年之後，對於「課程新穎」（第 1 題）、「教師印象」（第 9 題）等外在影響因素興趣大幅減弱，而歷經更多學業與生活環境的轉變之後，變得更為沉穩，轉而重視內在核心價值。同樣問題，從一○○年度各學群來看，資訊學群第 2 題滿意度 82%略低於總平均 3%；人文學群同題滿意度 74%高於總平均 69%，有 5%；商業學群同題滿意度 77%高於總平均 64%，達 13%。雖然，這還需要持續更多時間追蹤，取得更多的數據，或許徵得學員同意，以訪談方式進行調查，探求學員內心語言，說服力會更強。然而，從本次問卷調查結果來看，也顯示了修課後兩年，體驗與感受能力向著內在深化，沒有隨時空改變而弱化。

（二）從學群滿意度來看

　　不同學群，學員的學習態度與表現也有差異。從表十一統計數據看，依一〇一與一〇〇年度，商業學群對於課程整體滿意度（非常同意與同意）分別是 79%、64%；人文學群滿意度 77%、69%；資訊學群滿意度 82%、85%。說明如下：

1. 資訊學群滿意度明顯高於其他兩個學群。或許修課學員來自多媒體設計系，該系學員或因具備藝術喜好或學習背景，他們對於課程設計的接受度也較大。

2. 其次是人文學群的應用英語系與應用日語系，學員對於體驗式學習課程是偏愛的。依據前文表二統計數字，有高達 61%的學員對於「課程設計新穎」、「以學生為中心的課程特色」、「修課後文字敘述能力進步」（第 1、2、11 題），勾選「同意」者，而這 3 題分別屬於四項指標的「體驗」類（第 2、11 題）、「感受」類（第 1 題），且百分比明顯高於其他題目。由此推論，人文學群對於體驗與感受的喜愛程度。但是我們也看到該學群在教學環境（第 6、7、8 題）不同年度的滿意度差距，顯示「小班 40 人，分組、面對面座位」在「上課方式」（第 6 題）、「上課輕鬆」（第 7 題）、「學習與

表現更好」（第 8 題），一〇一年度滿意度達 91-94%，遠高於一〇〇年度的滿意度 65%、57%，這情形，佐以教師課堂經驗，能說明學員學習態度的開放性。也就是說，該學群一〇一年度的學員，對於小班分組體驗式學習，有著高度的興趣；但是一〇〇年度學員卻在體驗類「課程設計和我的生活經驗相仿，有助於體驗學習，觸動內心情感。」（第 3 題），有 91%滿意度，反而高於一〇一年度的 76%，是否表示一〇〇年度該學群學員更重視內蘊？值得進一步觀察。

3. 商業學群的學員以會計資訊系為主，依表二統計，學員對各題勾選「非常同意」與「同意」，呈現「平均」的數字。這有趣的現象，也許可以推論，以會資系為主的商業學群，常表現著穩練的學習性格與態度。其中，他們對「知道課程採單元設計，以愛為主題，共分十個單元。」（第 5 題）、「喜歡小班 40 人以下的上課方式。」（第 6 題）、「以小組為主、面對面座位，這樣的座位安排，讓我上課心情輕鬆。」（第 7 題），勾選「非常同意」者，達 40%-44%，這 3 題分別屬於四項指標的「課程內容」（第 5 題）以及「教學環境」（第 6、7 題），顯示學員對於具體事物包括數字與規則以及教學環境，會表現出較高的認同感。

（三）從題目分類指標滿意度來看

　　從表十一看各分類指標滿意度，感受類、教學環境類、體驗類（不含 14、15 題）：一〇一年度在 84%-85%，一〇〇年度在 74%-76%；課程內容類相對滿意度低，一〇一年度在 78%；一〇〇年度在 71%。進一步檢視，課程內容類別的題目問：「課程的教材與我的學習背景接近」（第 4 題），勾選滿意者（非常同意與同意）的統計，各學群與各年度平均約 62-63%，顯示學員對於課程教材與過去學習背景是否接近的認知，呈現較低的滿意度，其中，人文學群滿意度一〇一、一〇〇年度分別是 61%、52%；商業學群滿意度一〇一、一〇〇年度分別是 58%、64%；資訊學群滿意度較高，一〇一、一〇〇年度分別是 80%、73%，這些結果，可以作為教材選擇方向的參考，也就是說，「與學員學習背景接近」的教材，對學員來說，是與過去高中以前的教材內容比較，還是與個人生活環境生命歷程比較，可以再作進一步探詢，作為對教材內容的改進。

伍　結語

　　如前言所說，本課程係因應本世紀全球化感性時代的來臨，以培養學員適應時代變化與因應變化的能力。從另一個角度看，也可以說我們面臨過去未曾遭遇的時代變局，包括：社會「微型」化、小眾化之後，隨之衍生的感覺瑣碎、只知小我而沒有大局等視野窄化的學習困境。加之資訊發達、強大的網路影響力，知識的取得管道多元紛雜，學習者的需求與動機愈趨模糊而微弱。在教育方法上，為了強化學習動機，又給予過度的競賽式形式刺激，反而弱化學習者自主學習的動機。吾人以為，特別是通識教育課程，因應此學習困境，教育的目標與方法，應該要把握培養學員完整人格的原則，在此原則把握下，課程形式可以開放，學員也才能培養萬變不離其宗的核心價值把握。而感性時代的變局，需要具有核心學習能力的人才，核心學習能力，就是感性能力。

　　本課程特色採用「體驗式學習」導入國文課程，建構「情境感受學習圈」理論，以課程核心價值「體驗與感受」作為深化學習的入徑，培養學員核心能力，在生活與生命歷程中涵養、深

化。課程的設計是體驗的、感受的，與學員的身體、心靈相應連結。用簡易的說法表示，那就是：用眼睛看的學習，能記憶10%；用耳朵聽的學習，能記憶 30%；用身體經歷，則能記憶80%；但是當我們用心去感受，將能收納無限……。這同時也是筆者設計課程的初衷與信念。

　　本論文設計問卷調查主題「體驗與感受」，調查結果統計與說明如第參節各段內容，第肆節作研究結果與討論，提出教師角色扮演等因應對策，同時也將情境感受學習圈的運用，以圖解說明之，使理論邏輯更加簡明化。

　　綜合言之，體驗式學習課程的「情境感受學習圈」，其理論與架構思維在於：以每位學員為軸心，「完整人格」作為目標設立與價值約定，符合「學員為中心」的理念。這個理論與架構思維，從修課後兩年內學員問卷調查的結果來看，可以算落實生根了。其次，修課後兩年的學員對於體驗與感受能力，也有了深化跡象，換言之，以「體驗與感受」作為課程核心價值，這樣的抽象能力，從調查結果分析，也存在著培養與發現的契機。

第五章　古典理論一
體驗式學習與莊子「心齋」思想

摘要

　　本文從《莊子》「心齋」思想的義理解析入手，說明莊子思想具備藝術心靈的特質；並且從療癒課題角度參看，說明莊子思想具備「感性回歸」的特質。而，藝術心靈與感性回歸，正是先前所論述之「情境感受學習圈」的「核心」，是價值與轉化目標之所在。文章中強調培養藝術心靈的重要性，培養藝術心靈，指的是轉化與提升自我，達到高層的境界。培養藝術心靈，是本質性、根源性的掌握，也是學習的核心價值；同時，本質性、根源性的掌握，也契合於感性回歸的目標。因此，筆者以莊子「心齋」思想作為古典理論，進一步論述「情境感受學習圈」的「核心（我）」，這個「核心（我）」在學習中所具有的價值，以及與此核心相對應的學習目標等等，也為本書第二章提到學習圈所述「我是」的設計目的：「轉化提升；四面向相融相蘊，周轉隨化，存乎一心，體會無窮。」提供理論根據與學習方法。

關鍵字：莊子、藝術、療癒、感性、體驗式學習

壹　前言

　　本文嘗試以藝術心靈與療癒課題角度，詮釋、解析《莊子》「心齋」思想脈絡。文章所指「藝術」是廣義的，有如「天地大美」的自然之美。文章中強調培養藝術心靈的重要性，培養藝術心靈，指的是轉化與提升自我，達到高層的境界。在療癒課題方面，近年來西方興起「療癒」風潮，療癒的方法，主要是透過對靈性的體悟，達到淨化氣質、與高層自我連結的目的。而「療癒」的過程，儘管各家說法不一，但是對於「感性回歸」的認知，卻是一致的。吾人從事人文課程教學多年，教授的對象大多是商學院、資管學院的學生，專業課程要求學生講求商業實務，懂得用最小的成本追求最大的利潤，計算與效率是最大的學習養成，換言之，其養成訓練以技能為主軸，目的是站穩如馬斯洛需求階梯論所說：生理的、安全的、歸屬的三個基本需求層次。而，進階需求如自尊與自我實現階層，則由通識課程扮演引導角色。根據這個概念，通識教育的人文課程如國文，以筆者而言，在篇章與主題設計上，基本是以此進階學習的概念作為教學目標；在教學與教材主題設計上，主要以引導學習者「感性回歸」作為課題，亦即引導學習者認知與體會做一個「全人」（身體與

心靈統合、整全）的可能性與必要性。因此，筆者援引「體驗式學習」教學法架構，設計「情境感受學習圈」，即特別強調學習圈的「核心」。此「核心」的價值與目標，透過學習者對於「感性回歸」的體驗、感受、內化與提升等實踐的過程與方法，達到培養「大美心靈」的目的。

　　文章主要分為四個部分，分別是第貳節「莊子思想的特質」、第參節「莊子的藝術心靈」、第肆節「莊子〈養生主〉思想脈絡與『療癒』課題參看」，第伍節「體驗式學習與莊子『心齋』、『虛室生白』思想」，結語說明莊子思想融入體驗式學習課程，這樣的課程設計，可以強化體驗式學習課程的深度，亦能呼應「感性回歸」的時代需求，同時，整體的課程具有潛移默化的功效，使學習者在自然狀態下內化。在學習評量方面，學習者被評定為「優良」的原則是：能以「身體與心靈統合、整全」作為學習方向，能夠體察或運用此動能者。後續追蹤考察方向，包括：學習者於修課之後，是否能夠持續、逐步發展自我回饋機制，例如：主動學習、自我鼓勵、消弭負面情緒等；具體表現的考察線索包括：因應環境變化、面對困難與挑戰的能力是否增強等。這些相關的考察報告，在本書第四章〈修課後兩年內學員問卷調查研究與討論〉已作說明。據此，我們可以說，就學習者在

心理素質表現方面，課程中融入體驗式學習之「情境感受學習圈」，確實具有心靈提升的作用。這些現象或許可以解釋，課程目標根源於價值深化與本質性把握的抽象理論，其成果也是可以被「看見」的；換言之，「從內化、轉化到提升」的心理實踐過程，值得教學者投注心力「觀察」與「記錄」，這些觀察與記錄，目的在「培養」學習者的心理素質。此外，課程運用「體驗式學習」架構，具有簡易與可操作性，符合當代的理解語言，接受度也相對提高。可以說，古典理論與體驗學習，兩者可以互為表裏，效益自然彰顯。理想的學習進程是：課程回饋與心理素質同向提升，學習者能將「經驗」化為心靈「體驗」，把握根源性與本質性的學習核心，培養自我回饋與主動學習的反饋機制[1]。因此，吾人以融合莊子思想所設計的國文課程，作為體驗式學習導入國文課程的古典理論，名曰「古典理論一　體驗式學習與莊子『心齋』思想」。下文分節說明之。

1　如本書第四章第肆節所說：「『情境感受學習圈』的運作循環模式，將『太陽核心』代換為『我在』；放入『課程單元主題』，表示單元主題依體驗式學習模式進行。『太陽核心』代換為『我在』，表示課程『以學員為中心』，即體驗與感受的相應『軸心』；『課程單元主題』包括課程內容與教學環境的形式運用，與軸心關係是環繞的、連結互動的、正向循環、生生不息的。」參見本書頁 128。

貳　莊子思想的特質

一　心齋與虛室生白

　　《莊子》思想所成就的人生，是一種藝術性的人生。中國的藝術精神，實際是從道家，特別是從《莊子》思想開創出來的。何謂藝術性的人生？除了超功利、超目的之外，要把握《莊子》思想的藝術精神，關鍵在於「道」，而把握「道」，便要通過一種叫「心齋」的工夫去把握「心」，誠如徐復觀所說：

> 莊子之所謂道，落實於人生之上，乃是崇高地藝術精
> 神，而他由心齋的工夫所把握的心，實察乃是藝術精
> 神的主體[2]。

換言之，由心齋的工夫所把握的心，是體「道」的重要途徑。那我們要問，何謂「心齋」？如何作「心齋」的工夫呢？〈人間世〉說：

2　徐復觀：《中國藝術精神》（臺北市：臺灣學生書局，1992年），頁3。

> 若一志，無聽之以耳，而聽之以心，無聽之以心，而
> 聽之以氣。聽止於耳，心止於符，氣也者，虛而待物
> 者也。唯道集虛，虛者，心齋也。……瞻彼闋者，虛
> 室生白。

以下我們將上引內容，分成四個階段，先說明「心齋」的工夫，
再歸結「心齋」思想持質。

(一)「心齋」的第一階段工夫是用心感受（無聽之以心，而聽
　　之以氣）

首先，「心齋」的工夫，好比心思專注，不要用耳朵聽聲音，而
是用心感受聲音，用心感受的並不是聲音本身，而是聲音的源
頭，聲音之所從出的源頭，是「氣」。所以說：「無聽之以心，
而聽之以氣。」

（二）「心齋」的第二階段工夫是感知「氣」（氣也者，虛而待物者也）

其次，為什麼我們要「聽之以氣」？因為，一般人用耳朵聽聲音、用心感覺，僅止於外在符號或形式，而所有事物待「氣」以流動、成形、轉化，它是事物所以然的源頭，因此，通過「氣」，目的是感知事物的本源。然而，「氣」，是事物本源、本質嗎？說到底，莊子認為，「氣」的本質也還有可說，那就是「虛空」。所以莊子說：「氣也者，虛而待物者也。」[3]意思是：氣，它的本質是虛空的，虛空的本質，才能呈現萬事萬物。

3　我們也可以參考現代靈學實踐者關於「氣」的說法，來理解「氣也者，虛而待物者也。」的意思，例如：「氣是你身體的內在能量場，它是你的外在自我與源頭之間的橋樑，它居於以顯化狀態（即形相世界）與未顯化狀態之間。氣就好比是一條河流或能量場，如果你把意識深入專注於內在身體，就可以順著這條河流而上，回到它的源頭。」說見艾克哈特・托勒著，梁永安譯：《當下的力量》（臺北市：橡實文化出版社，2008 年），頁164-165。

（三）「心齋」的第三階段工夫是透過對「氣」本質性把握，體
　　　悟「道」（唯道集虛，虛者，心齋也）

接著，莊子將「虛」與「心齋」連結起來，說：「唯道集虛，虛
者，心齋也。」只有「道」能凝聚真正的「虛空」，換言之，體
會什麼是「虛空」，就能把握「心齋」的工夫，達於「道」的境
界。

（四）「心齋」的第四階段工夫是讓心回歸本然，並且提出現象
　　　以為應證，莊子說：虛空的心會發出亮光（虛室生白）

最後，莊子並沒有直接解釋「氣」的本質何以是「虛空」？他的
表達方式是：說了一段如何體會「虛空」的方法。他說，要體會
「虛空」，最重要的必須摒除羈絆，這個羈絆，就是「以心知思
考」，莊子說：「聞以有知知者也，未聞以無知知者也。」（〈人
間世〉）要達到「以無知知者也」的境界，就要「外於心知」，
摒除「心知」的羈絆。摒除羈絆的目的是讓心回歸本然，心的本
然狀態應該是「虛空」的，所以莊子說：「瞻彼闋者，虛室生白。」
意思是說：看那「虛空」的特質，處於本然狀態的心是虛空的，

虛空的心（虛室）會發出亮光（生白）。

（五）「心齋」思想持質

　　雖然，莊子並沒有對「心齋」作出定義，但是，通過上述「心齋」工夫的四階段，我們可以瞭解有關於「氣」與「虛室生白」的說法，這對於進一步理解莊子「心齋」思想，有著重要的助益。事實上，中國古代道家對於宇宙萬物本質性探索，一直有著高度的興趣，他們運用自然科學新知融入生活、解釋萬物生命來源，通過自身對生命的體悟，以及對自然的感知，企圖建立自然萬物生命的價值體系，倡導生命的尊貴性，這些都是道家學派重要的貢獻。

　　直到現代，道家，特別是老子、莊子思想，其對於生命體悟與認知的角度，還有對於事物本然、對自然萬物本質的感知，也都受到科學界的重視，並有著一定的影響力。比如，當代的量子物理學奠基人波耳與海森堡，他們受到老莊思想的影響，在研究原子結構、建立量子力學理論時，採用老莊的哲學[4]；當代物理

4　波耳是丹麥物理學家，一九二二年諾貝爾物理學獎得主；海森堡是德國物理學家，一九三二年諾貝爾物理學獎得主，兩人是量子力學的奠基人，對

學家卡普拉，其思想受益於老莊道家，並以專章論述道家思想與物理學的關係[5]；研究人體相干態的生物物理學家張長琳，直言老莊思想是人類史上最深刻的哲學[6]。當然，討論老莊的哲學與科學的關係，「實在是一個太大的課題，也是一個太豐富的礦藏。」[7]不過這正好說明，老莊思想亙古如新，對於探索與感知「生命」這個課題，確實還有太豐富的礦藏等著我們挖掘。

　　如果說宇宙整體生命是有機體，那麼運用人類智慧，自當生生不息、永續循環，世代交替也應以開創新局為表現。但是，從另一個角度看，我們也面臨過去未曾遭遇的時代變局，包括：社會「微型」化、小眾化，隨之衍生的感覺瑣碎、只知小我而沒有大局，等等視野窄化的問題。加之資訊發達、強大的網路影響力，知識的取得管道多而紛雜，學習者的需求與動機愈趨模糊而微弱。在教育上，為了強化學習動機，主事者又給予過度的競賽形式刺激，反而弱化學習者自主學習的意願。從現象來看，教育

於中國老莊思想推崇備至。說見張長琳：《人體的彩虹》（臺北市：橡實文化出版社，2010 年），頁 274。

5　美・卡普拉：《物理學之道——近代物理學與東方神秘主義》，第二篇〈東方神秘主義的道路〉第八章〈道家〉（北京市：中央編譯出版社，2012 年）。

6　同注 4，頁 274-275。

7　同注 4，頁 275。

面臨困局，它似乎在理想與方法上互為桎梏：比如，理想目標是培育「全人」，屬於本質性把握，課程設計應以培育「全人」為核心，放棄「功能性」能力訓練模式。然而，現階段教學方法多源而非多元[8]，教學者與學習者疲於應付過多的教學新法，無法內化，無法向內心作本質性的把握，學習，反成了資訊工具、方法論的俘虜，追求理想反被理想困縛，這就是互為桎梏的意思。

　　既然「桎梏」普遍存在於教育，為什麼還要提倡體驗式學習導入國文課程呢？吾人以為，正因為「體驗式學習」本於「學習者中心」，而以「體驗式學習」教學設計之「情境感受學習圈」，其核心價值與目標，除了緊扣「學習者中心」理念外，還以培育「大美心靈」與「感性回歸」為核心價值，作為深化學習與本質性把握。因此我們看到，當我們把課程目標定位為培育「全人」，方向是「感性回歸」，方法是「體驗學習」時，我們作了改變：改變評量優先順序、分數比重。換言之，評量考核以「感受能力」優先，而非「認知能力」、「理性能力」。這樣的改變，目的是將學習的選擇權交給學習者，通俗的話說的是：「選你所愛！」「所愛」好比是「感受」；「選你所愛」好比「感受能力」，

8　依「情境感受學習圈」說法，教學方法應該是多元，本源只有一個，即「學習者中心」。

使學習者能體察、並且有意識地運用此能力，以統整、內化訊息，則認知、理性能力融入以「感受能力」為學習核心的情境圈，互動涵蘊，則「選你所愛，愛你所選」的「感性能力」於焉內化、轉化而完成，這是「全人」，具有感性與體會能力的「完整人格」。

如本書第二章所說：用眼睛看的學習，能記憶 10%；用耳朵聽的學習，能記憶 30%；用身體經歷，則能記憶 80%；但是當我們用心去感受，將能收納無限……。筆者「情境感受學習圈」，其核心理念「感受」，即發想於莊子「心齋」思想，還有第六章要談到的「養生主」思想。特別是「心齋」思想。而詮釋「心齋」思想，筆者乃從所知量子物理學相應說法，以及此理論應用於療癒的實證成果，詮釋那超越感官與身體的「心靈」世界，嘗試用現代語言邏輯「說出」莊子「心齋」思想脈絡，以體現「用心感受，將能收納無限」的「感受能力」，其對於體驗學習的核心功能。

二　莊子思想與療癒課題

前文提到，莊子並沒有對「氣的本質」作出直接解釋，而是

以現象觀察來回應，他說：處於本然狀態的心是虛空的，虛空的心（虛室）會發出亮光（生白）。我們從這個地方接下來說：

> 瞻彼闋者，虛室生白。（〈德充符〉）

首先，莊子極可能肉眼所見（或者運用當時的醫學科學知識），觀察到「虛室」有「光（虛室生白）」，虛室的「室」，指的是「心」。司馬彪解釋這句話說：「室喻心，心能空虛，則純白獨生也。」崔譔說：「白者，日光所照。」根據這樣的說法，所謂心能空虛，應該是指人的修養境界達到一定高度，呈現出虛空的狀態，這種狀態，是以「光」的形式來表現的。如果我們進一步借助量子物理學說明，或者可以較具體地掌握莊子的思維，並且說明這種思維並非憑空想像與感覺。首先，研究經絡的生物物理學家張長琳認為：

> 當進入某種深深的入靜狀態時，不論對聲波或電磁波，感覺靈敏度都可能大幅提高[9]。

9 　同注4，頁202。

頁 | 156

其實，人體內電磁場耗散結構不單是電磁場的分布，也是一種光的結構。……由於紀錄不全，我們已經很難考證究竟古人是怎樣發現這些環繞著人體周圍且肉眼看不見的輝光；也不知道古人是如何發現位於人體內部且肉眼看不見的丹田和經絡。不過，根據現代科學知識，這些神秘的佛光、丹田和經絡等等倒是不難理解了，而且還可以通過現代儀器來測定[10]。

其次，現代靈學與療癒學也針對人體光源有許多說法，例如：

以現代靈學、療癒角度來說，人的身體有兩處有光源，一是在肚臍上方的體內，稱為自性本體，是我們生命的原創力；另一個是位於我們胸口上方的一個點，稱為「靈座點」。一般人很難觸及振動頻率極高的自性本體，但是可以透過意念觸動自性本體之光。我們以正面意念通往「靈座點」，與自性本體連結，清除障礙，讓自性本體的光芒散放開來。靈座體也像個光

10　同注4，頁 205-206。

源，但較自性本體的光芒小，當我們專注或禪座時，光芒四射。靈座點是貯藏我們靈性渴求的地方，在靈座點裏，我們感受追求一切事物的熱情，從生活最瑣碎之事到宇宙間最偉大的事，這種靈座點以高振頻能量形式帶來的訊息，可下傳到肉體，使我們感官有時可以隱約感到心中有一種渴望[11]。

根據上引兩段關於身體散發光的描述，筆者以為，莊子「虛室生白」的說法並非憑空想像，戰國時期養生知識、技能高度發達，莊子或許從吹呴呼吸、吐故納新、熊經鳥申的導引術中，說出當時打坐者「虛室生白」的現象，但是又從中觸碰到更高一層自性本體的光芒，如通過「心齋」（〈人間世〉）、「坐忘」（〈大宗師〉）的工夫，達到「朝徹」、「見獨」（〈大宗師〉），即如朝陽初啟，與宇宙萬物空間時間連成一契的光芒感。

　　以上說明「氣的本質」以光的現象呈現。現在再回到「氣」。我們試舉現代氣功體驗者的說法為例：

11　賽安慈、吳至青：《還我本來面目》（臺北市：商周出版社，2009 年），頁63-64。

> 氣是人與宇宙共通的質素……現代量子物理學家也發
> 現，世界上沒有所謂的「無機物」，因為任何物質都是
> 由一群運動不休的粒子組成，這些帶有意識的能量粒
> 子，即為中國古修道家所稱的氣[12]。

這是在解釋「氣」即帶有意識的能量粒子，氣組成人，也組成宇
宙萬物，人與宇宙萬物共通的質素就是「氣」。換言之，道家要
人與天地自然合一，通過對「氣」的認知，就是最基本的工夫。
所謂「氣化萬物」，比如莊子〈知北遊〉說：「人之生，氣之聚
也。聚則為生，散則為死。」也是這個意思。根據量子物理學的
說法，萬物都是由能量組成的，而能量的本源只是光與訊息：

> 物質即能量，也就是我們所熟知的「氣」或是物理學上
> 的「振動」。物質即能量，有形無形皆是不斷振動的能
> 量。……振動頻率高的成為無形的物質，如人的思
> 想、感覺和意識；振動頻率低的成為有形物質，如看
> 得到的人體等。……許多量子物理學家將物質分析到

12　湛若水：《氣的原理》（臺北市：商周出版社，2007年），頁33-37。

> 最後都發現，物質其實是沒有任何形狀的，有的只是
> 一些能量的振動。
> ……也就是說萬物皆由能量形成，物質是濃縮凝結的
> 光[13]。

上引這三段內容說明「萬物皆由能量形成」，物質分析到最終，其本源沒有任何形狀，有的只是一些能量的振動。振動頻率高的能量，成為無形的物質，如人的思想、感覺和意識；振動頻率低的，成為有形物質，如看得到的人體等等。依此，現代療癒學借用量子物理學的說法來詮釋「光」，但是，他們從深度體驗角度進一步說：「光」是振動頻率極高的能量，我們的靈體即是「光」[14]。

　　換言之，從量子物理學角度說，物質振動頻率高的能量，形成無形的「物質」，如人的思想、感覺與意識；從療癒學（或稱

13　同注11，頁28、31。此外，同書也引美國量子物理學家玻姆提出的「隱秩序理論」，認為：「光」在顯秩序層級的來回捲縮與綻放或被凝聚或凍結，而形成我們三維空間中的穩定存在。筆者按：或許這種說法，有助於我們理解，人類可以在三維空間，透過超越感官的體驗，體察「虛室生白（光）」。

14　同注11，頁31。

靈學）的語言詮釋，認為我們的靈體是「光」。不過這兩者仍有區別，量子物理學所說，是物理的普遍性，只要是生命體，都能發「光」，只是微弱強度不同；療癒學說靈體的「光」，有點類似「佛光」，強調意識的覺知，與高層自我連結，是振動頻率非常高的能量所發出的純淨光芒。

　　莊子所說的「虛室生白」，接近療癒學所說的意思。司馬彪說：「室喻心，心能空虛，則純白獨生也。」崔譔說：「白者，日光所照。」「心能空虛」，就是說，「心」必須達到一定的修養高度（或者說是提升振動頻率），才能接近「空虛」的狀態。空虛，呈顯物質的本然狀態，即「高度凝結的能量」，也就是「光」。司馬彪說：「純白獨生」，與上述說法有不謀而合之處。崔譔進一步解釋司馬彪的說法，說：這個「白」光的性質並非外於自然界，它的性質就像是賦予萬物生命的陽光，這種性質的光，也存在於人心。

　　前文說，「心能空虛」，就是說，「心」必須達到一定的修養高度（或者說是提升振動頻率），才能接近「空虛」的狀態，這樣的「心」，進一步以現代哲學思想來詮釋，「心」相當於「意

識」[15]。「心能空虛」的意思，也就是要求「體悟」生命的本質，即「空虛」之境。若以療癒角度來說，就是：提升意識（心能空虛），與高層自我連結（體悟），以感知「靈體」（自性本體）。

　　然而，靈體寓於人身何處？就在「虛室」，也就是「心」。〈德充符〉使用「靈府」一詞[16]，更能清楚表達「靈」寓於「心」的概念。而「虛室生白」的說法，也應證了療癒學運用量子物理的說法：靈體是振動頻率極高的光，其濃縮凝結寓存於心。換言之，「寓於心的靈體」，也正說明「道」寓於人心，體「道」就在於人，不假外求。當人們的體悟層次觸碰、與「靈體」連結，譬如前述之「心齋」工夫，他可以把握與天地自然萬物的一體感，其能量好像取之不盡、心神可以馳騁遨遊、可以與天地自然同遊、體悟天地之大美，這正如莊子在說完「虛室生白」之後，接下來描述體道的境界：

> 吉祥止止，夫且不止，是之謂坐馳。夫徇耳目內通，
> 而外於心知，鬼神將來舍，而況人乎？是萬物之化也。

15　張長琳以禪宗思想為例，說明「意識，相當於佛教中所說的『心』」見注
　　4，2010 年，頁 279。禪宗與莊子思想對「心」的本質性詮釋相近。
16　郭象曰：「靈府者，精神之宅也。」

體道的境界是：吉祥美善的事物一一來臨，身坐於此，心能馳騁於萬物；使耳目與內心靈體連通，摒除心知（智）雜念，心保持虛空，那麼天地間如鬼神具有神力者，將舍止於心，增添其神妙能力、為之驅使[17]，更何況是應對於人間世事，都能如實以迎，應而不藏，固得其宜，這就是達到「萬物之化」的境界，「萬物之化」，就是以虛空之心隨順萬物，體盡無窮[18]。

三　「虛空」是生命高度

以「虛空」之心隨順萬物，何以莊子認為「虛空」是生命的高度？〈大宗師〉、〈知北遊〉說：

> 人之生，氣之聚也。聚則為生，散則為死。……萬物，一也。（〈知北遊〉）
> 與造物者為人，而遊乎天地之一氣。（〈大宗師〉）
> 天地有大美而不言。（〈知北遊〉）

17　如〈應帝王〉壺子示地文、天壤、太沖莫勝等光怪陸離的神力予列子。

18　又如〈應帝王〉所說：「體盡無窮，而遊無朕，盡其所受乎天，而無見得，亦虛而已。」

莊子說，人之生死表現在「氣」的聚散，氣聚則生、氣散為死，這是構成萬物生命的條件，人也不例外，所以說：「萬物，一也。」從這個角度來說，造物者將我們聚合成「人」，有了生命，我們有了有形的物質，如肉眼可見的身體，這是莊子說的「與造物者為人」；身體內還有無形的物質，如思維、感覺和意識等，上文提到靈體或者如莊子所說的「天性」寓於其中，如果一個人終身未能觸碰連結此靈體（天性），生命就像沒有主人（真君、真宰），渾渾噩噩、追逐萬物、隨波逐流。而，啟動靈體的生命，就如同把握生命真實的樞紐，他隨時都能反歸生命的真實，保持無窮的生命力，以應萬物[19]。換言之，如果能在有形層次外，體悟無形靈體的層次，體悟生命的本質就在內心，生命就如天地一氣，本質就是虛空，把握生命與天地一氣的一體感，隨順天地的變化而保有生命的真實與高度[20]，就能在天地間自在遨遊（遊乎天地之一氣）。當我們啟動了如此的意識，與靈體連結，我們可以感受天地自然無為、造化萬物的「美」，這個「美」，

19　〈齊物論〉：「一受其成形，不亡以待盡。與物相刃相靡……終身役役……不知所歸，可不哀邪！」這是說生命沒有依歸、漂泊無定；又說：「道樞，樞始得其環中，以應無窮。」這是說啟動靈體的生命，就像把握了生命真實（道）的樞紐，可以擁有無窮的活力以應物。

20　〈德充符〉：「審乎無假而不與物遷，命物之化而守其宗。」

包含你、我在內的萬物，包含花、草、木、石，一切有形與無形
的物質，這是天地的大美。只要啟動靈體，你就可以是生命的主
人，就能感受生命力帶來的喜悅，能以欣賞之心如實觀看萬物、
感受生命之美，否則，人生就是白忙一場，「茶然疲役，而不知
所歸，可不哀乎。」

參　莊子的藝術心靈

一　藝術心靈是意識覺知的展現

　　依此，我們可以說，《莊子》思想具有藝術本質的超功利、
超目的性，所以稱之為「藝術心靈」。「藝術心靈」，主要表現於
「遊乎天地之一氣」、感受「天地之大美」，這是一種「與天地、
自然合一」、對生命整體把握的能力，要達到這種高度，關鍵在
於如何啟動內心的靈體。

　　如何觸碰此「靈體」？靈體的覺知並非通過心的作動，前文
引莊子講「心齋」：「無聽之以耳，而聽之以心，無聽之以心，
而聽之以氣。聽止於耳，心止於符，氣也者，虛而待物者也。」
「心止於符」，這裏的心相當於「心知（智）」，心知只能體會表

象的事物，無法感知或聯繫「氣」的訊息，「氣」的訊息必須聯
繫到「靈體」才能被解讀與判準（莊子常以「真知」名之），因
此，對「靈體」的覺知就是體道最重要的工夫。

二　「真君」與意識的覺知

覺知靈體，必須借由意識，借由意識的提升，碰觸「靈體」
（天性），這個意識的提升，吾人以為，它相當於莊子所說的「真
宰」、「真君」[21]：

> 若有真宰，而特不得其朕。可行已信，而不見其形。
> 有情而無形。百骸九竅六藏，賅而存焉。……其遞相
> 為君臣乎，其有真君存焉。如求得其情與不得，無益
> 損乎其真。（〈齊物論〉）

這段話的意思是：真宰，又稱為真君，「人」真實的主宰；無

21　〈齊物論〉：「若有真宰，而特不得其朕。可行已信，而不見其形。有情而
　　無形。百骸九竅六藏，賅而存焉。……其遞相為君臣乎，其有真君存焉。
　　如求得其情與不得，無益損乎其真。」

形，卻真實存在於身體中（百骸九竅六藏，賅而存焉），人們要透過它「可行已信」的特質去把握，它可能表現為人的思想、意識等（求得其情），卻無法從「具體真實」與否去論證它（求得其情與不得，無益損乎其真）。換言之，「真宰」也存於人身肉體中，依照前引量子物理學來說，振動頻率高的成為無形的物質，如人的思想、感覺和意識。

　　由以上論述角度來看《莊子》另一篇文章〈養生主〉。〈養生主〉意旨是「養『生之主』」，生命的主人、真宰、真君，「生之主」之「主」或也可稱為「靈體」，靈體寓於心，所以「生之主」是講「心」，養生主的「養」，對象是心，「養」的方法從保養有形的身體，以至於無形而寓於心的靈體，從身、心整體去把握「道」，這是〈養生主〉的大旨。換言之，「道」，係透過身體與心靈的整體提升來呈現「道」自己。誠如〈養生主〉開篇所說：

　　　　緣督以為經。可以保身，可以全生，可以養親，可以
　　　　盡年。

「緣督以為經」，說的是從氣的訊息去感知「道」[22]；「可以保身，可以全生（性），可以養親，可以盡年。」說的是從身體感知氣的訊息（可以保身、可以養親[23]），啟動寓於心的靈體（可以全性、可以盡年），這是意識的提升、與靈體連結的途逕，不假外求，就在自己，人人都可能體悟與天地自然一體的美妙境界。

肆　莊子〈養生主〉思想脈絡與「療癒」課題參看

近年來「療癒」盛行，也和《莊子・養生主》所說，經由對

22　王夫之曰：「身後之中脈曰督。」督脈，總領一身陽氣，沿督脈推拿能增強體質，增加機體活力。其與印度瑜伽用語「氣輪」相關，依照瑜伽的說法，人體有七個主要氣輪，氣輪的根部位於能量軸柱，與脊椎平行，氣輪的作用如幫浦活門，能調整能量系統中流動的能量。

　　吾人以為，莊子說：「緣督以為經」，除了感知氣的訊息、調整能量外，還有另一層意義，「緣督以為經。」接下句是「可以保身，可以全生。」也就是說，順著督脈呼吸調整能量，可以擁有健康的身體，以及保全天性（靈性）。因為，督脈猶如氣輪，最基本的第一氣輪吸收地氣以滋養肉體，到第七頂輪吸收宇宙之光，使靈性覺醒。

　　有關「緣督以為經」，在此僅作簡要說明，因為它涉及的範疇兼及醫學與養生科學，當以專文討論。

23　依周策縱說法「親」解為「親自」、「自己」。

氣的訊息掌握與運用,以及身心雙修的方法不謀而合。茲引「療癒」的說法參之:所謂「療癒」,其實就是透過「共振」來轉換人的電磁場中低頻能量狀態,這表示我們是可以經由一些方法來調高我們的能量,把粗糙笨重、密度大的能量,轉化昇華成精細輕快、密度小、振頻高的能量。共振可應用在人體的各個層次上[24]。「……在肉體上,可以將高度濃縮的腫瘤轉換成密度較小的健康肌肉;在情緒上,我們可以將比重大的痛苦昇華成比重小的快樂;在認知上,可以將負面的批判轉換成正面的欣賞,將悲觀的看法轉為樂觀的態度;在靈性上,可以將人的意識從原本只認同有形的肉體,提高到也能感覺無形靈體的狀態,從而喚醒我們的靈性意識,重新和自性本體連結,最後達到和宇宙合為一體的狀態[25]。」

　　本書第六章將承接本文展開論述,進一步從療癒課題闡述〈養生主〉思想,包括通過「意識的覺知、感性回歸」等主題,講莊子思想具備「本質與形式的平衡把握」、「理性與感性平

24　同注 11,頁 37。

25　同注 11,頁 37-38。
　　有關共振的物理學說法,見注 4,頁 178-191。

衡」、重視生活與豐富生命的特質等[26]。

伍　體驗式學習與莊子「心齋」、「虛室生白」思想

　　作為閱讀與書寫訓練的國文教學，適當地引入「體驗式學習」，將傳統以教師為中心，轉換為以學習者為中心，嘗試換位學習，以活動體驗引導學習者經驗，與篇章情境連結，經由閱讀、書寫、分享、回饋等步驟交互運用，達到融入生命情境，感知生命意義，最終達到轉化學習慣性的目的。就內化而言，學習者能體悟生命的獨特性，能賦予生命意義；就外展而言，能開發潛能，發揮創意。

　　與莊子思想連結來看，莊子「心齋」、「虛室生白」思想，見於〈人間世〉篇，「心齋，若一志，吾聽之以耳，而聽之以心；無聽之以心，而聽之以氣。聽止於耳，心止於符。氣也者，虛而待物者也。唯道集虛，虛者，心齋也。」「聞已有知知者也，未聞以無知知者也。瞻彼闋者，虛室生白，吉祥止止。」這些內容是講：摒除心知、思慮與習性的干擾，不受制於感官評斷現象，

26　見本書第六章第肆、伍、陸節。

這些說法也像〈養生主〉所說：「官知止而神欲行」，意思是說，當心知思考停止，神妙的能力就開啟運行了[27]。這些說法即筆者「情境感受學習圈」（參見本書第二章）學習圈「圈」的意義根據，學習圈核心強調正向學習的循環、互轉，學員在四個體驗步驟融合學習歷程中，培養感受的靈敏度，一一匯聚於感覺接受的核心。核心，太陽圖形，象徵每一位學員都是課程中心，發出光芒形狀，表現學習者最終能自主學習，感知閱讀與書寫的價值與意義，體驗生活與生命的豐富與美好。與莊子「心齋」、「虛室生白」思想參看，學習者能體驗自己居於核心的尊貴性，自主學習，透過經驗價值內化、滋養、轉換、提升等過程，體驗生活與生命的美好，就在於自己的存心、一念間。

陸　結語

　　與「體驗式學習」教學法參看，從莊子思想入手、培育自然藝術心靈的古典理論，能為「體驗式學習」教學法提供深度的、本質性的理論根源。

27　「官知止而神欲行」，詳細說法見本書第六章第貳節。

從藝術心靈與療癒課題的層面展開，對於把握莊子思想如何轉化、提升自我、達到高層境界等種種抽象說法，可以提供相對具體的脈絡以茲理解與參考。

體驗式學習的古典理論，吾人乃以藝術心靈與療癒課題角度，揭櫫莊子「心齋」、「虛室生白」思想要旨，說明融入體驗式學習的國文課程，與古經典理論確有連結的脈絡可尋，這或許可說明感性回歸與全人價值的把握，不分古今與時空，它是人類的普世價值，歷久，彌新。

參考書目

（晉）崔譔　《莊子內篇證補》

（清）陳壽昌　《南華真經真義》

（清）錢澄之　《莊屈合詁》

王唯工　《氣的樂章》　臺北市　大塊文化出版社　2004 年

余秋雨　《藝術創造工程》　臺北市　允晨文化出版社　1998 年

李　零　《李零自選集》　桂林市　廣西師範大學出版社　1998 年

李澤厚　《中國古代思想史論》　臺北市　風雲時代出版社　1991 年

李澤厚　《美學四講》　臺北市　人間出版社　1988 年

周策縱　〈《莊子‧養生主》篇本義復原〉　《中國文哲研究集刊》第 2 輯　1992 年

徐復觀　《中國藝術精神》　臺北市　臺灣學生書局　1992 年

張長琳　《人體的彩虹》　臺北市　橡實文化出版社　2010 年

陳列尊、張登玉　〈莊子技道觀對教育技術的啟迪與反思〉　《現代教育技術》　衡陽師範學院物理與電子訊息科學系　2009 年 4 月

湛若水 《氣的原理》 臺北市 商周出版社 2007 年

錢 穆 《莊老通辨》 臺北市 東大圖書公司 1991 年

賽安慈、吳至青 《還我本來面目》 臺北市 商周出版社
　　　2009 年

（美）Richard J.Davidson & Sharon Begley 洪蘭譯 《情緒大腦
　　　的秘密檔案——情意神經科學泰斗從探索情緒形態到實
　　　踐正面冥想改變生命的旅程》 臺北市 遠流出版公司
　　　2013 年

（美）卡普拉 朱潤生譯 《物理學之道——近代物理學與東方
　　　神秘主義》 北京市 中央編譯出版社 2012 年

（美）艾克哈特・托勒 《當下的力量》 臺北市 橡實文化出
　　　版社 2008 年

（美）泰勒 楊玉齡譯 《奇蹟》 臺北市 遠見天下文化出版
　　　公司 2009 年

（美）羅伯特・蘭札 鮑勃・伯曼 朱子文譯 《生物中心主
　　　義——為什麼生命和意議是理解宇宙真實本質的關鍵》
　　　重慶市 重慶出版社 2012 年

第六章　古典理論二

莊子〈養生主〉四則寓言的啟示

摘要

《莊子・養生主》以「保身」、「全生（天性）」為主題，從生活層面的養生切入，從生命層次的心靈開出，並以四篇寓言提示感性回歸、療癒人生的可能性與路徑。以吾人的教學心得來說，〈養生主〉以具體方法契入藝術心靈，啟發療癒課題，這樣的課程主題內容，學生們的感受與體會，也相對地深刻。

關鍵字：莊子、神、藝術、感性、全人

壹　前言

　　〈養生主〉的四則寓言,「庖丁解牛」、「右師刖足」、「澤雉神旺」、「老聃懸解」,基本上乃演繹不同面向的生命課題。本文分別以第貳、參節講述「庖丁解牛」故事,第貳節以「官知止而神欲行」為題,就理性、意志力與感性心理層面,說明感性回歸的意義與價值;第參節以「道進乎技」為題,就生活與生命層面,從追求技術完善乃至「道」的境界,來講做一個身心平衡的「全人」,是必要的人生功課,而且是生命必然的回歸;第肆節講述「右師刖足」、「澤雉神旺」故事,以「本質與形式的平衡把握」為題,說明本質與形式非二分,吾人所認知的「本質」,透過轉化與提升的工夫,可以達到真我的境界。「形式」,則可以發揮在轉化、提升過程中的觸媒作用,善用「形式」交互、轉換的特性,對於把握事物「本質」、乃至觸碰真我的高層次本質,有著正面的助益,而且學習者也易於把握與體會;第伍節講述「老聃懸解」故事,以「理性與感性平衡」為題;第陸節「薪盡火傳的真義」,說明〈養生主〉以「薪盡火傳」作結的意旨,表現出莊子思想重視生活與豐富生命的特質;第柒節結語,以

「連結靈性，體盡無窮」終章，凸顯「感性回歸」的重要性與價值。

貳　官知止而神欲行

〈養生主〉第一則寓言「庖丁解牛」之一

> 始臣之解牛之時，所見無非牛者。三年之後，未嘗見
> 全牛也。方今之時，臣以神遇，而不以目視。官知止
> 而神欲行。

一　卸除理性、意志力的糾纏

這段文章的內容大意是說：庖丁解牛的技術層次歷經了三個階段的突破，最終達到純熟完美的歷程。第一個階段是「所見無非牛」，他將「解牛」當成技術操作，戰戰兢兢地認識牛隻的外形、構造；第二個階段「未嘗見全牛」，所見盡是部位與筋骨結

構[1]；當技術達到純熟無懈可擊時，進入了第三階段，此階段像是啟動了神妙的能力，好似有了透視、微觀能力，牛隻骨節呈現錯落有致、縫隙寬闊的圖像，肢解牛隻時，刀刃在骨節縫隙中游動，自然而然、不假思索、輕鬆而自在，超越了眼睛能見、耳朵能聽的感官範疇，進入一種全新領域，「道」的境界。

　　從現代科學知識角度來解釋，庖丁解牛的第一階段好比是認知階段，人們透過感覺與知覺（視覺、聽覺等）彼此交互作用以及所形成的記憶，與事物連結，作出解讀，此階段重視知覺的整體性[2]，所以說：「所見無非牛」；第二階段「未嘗見全牛」，說明庖丁對於物形的高度掌握能力，具體化為部件、結構的有機組合，此時達到腦部平衡思考階段，包括左腦的理性、邏輯、分析、歸納以及右腦的關聯、連結的感知，此階段好比是左腦、右腦交互運用，達到平衡的狀態[3]；第三階段「以神遇，而不以目

1　郭象注：「但見其理閒（間）。」
2　有關「認知」說法，參見認知理論的格式塔學派，該學派主張：人腦的運作原理是整體的，「整體不同於其部件的總和」。例如，我們對一朵花的感知，並非純粹單單從對花的形狀、顏色、大小等感官資訊而來，還包括我們對花過去的經驗和印象，加起來才是我們對一朵花的感知。該學派興起於二十世紀初的德國，又稱為完形心理學。參見 Sternberg, R.J.（2006）. Cognitive Psychology. Belmont,（認知心理學）CA: Thomson Higher Education.
3　有關左、右腦交互運用的說法與設計活動，參見平克：《未來在等待的人

視」，牛隻從有形化為無形，物形與結構從感官世界轉化為神妙的體驗，解牛的技術過程轉化為樂舞的藝術性表現（合於桑林之舞、乃中經會之首），在精神層次上是高度自由的（以無厚入有間，恢恢乎），此階段說明「道」的境界，即：與高層自我連結（以神遇），遨遊無限（神欲行）。第三階段，同時也是莊子思想的要旨，進一步說明如下。

莊子思想具有感性回歸的特質，他所強調的「與神遇」、「神欲行」，都是超越心知思維，所達到的層次，換言之，他提醒人們，不要依賴感官認知的世界。

用耳目感官認知事物，它訓練人們達到技術的純熟、專業，但是，僅止於專業，他可能專精於某技術，具有機械化的完善能力，就像庖丁解牛第一階段；當人們不滿足於機械化能力，察覺：在感官認知世界，加入感受與情意性，可以平衡思考訓練或囿於邏輯、分析、歸納的匡限，抽象的情意感受可以平衡左腦思考，可以使人們在專業上精進，展現特色與創意，就像庖丁解牛的第二階段。

然而庖丁並不滿足於專業與創意，他說：「良庖歲更刀，割

才》（臺北市：大塊文化出版公司，2006 年）。海瑟・威廉斯：《與自己的心靈對話》（臺北市：臉譜出版社，2010 年）。

也；族庖月更刀，折也。」作為庖丁，他的專業已經領袖群倫（良庖），但是，專業之外，還有更高層次：

> 今臣之刀，十九年矣。所解，數千牛矣。而刀刃若新
> 發於硎。彼節者有間，而刀刃者無厚。

在這個階段，庖丁說：他的刀毋需更換、毋需磨刀石，甚至刀刃纖細到沒有了厚度，可以自由出入牛隻骨節縫隙，悠游於寬闊之間⋯⋯。刀刃與骨節的具體物形在這個階段「轉化」了，骨節不再是骨節、刀刃不再是刀刃，骨節好比空間，刀刃好比流動的氣，氣在空間流轉，自然游刃有餘。這個層次，庖丁不再止於技術專業與創意，而是體悟高度生命意義、並且試圖作為一個以技術（可把握的有形事物）表現「道」境的「有心人」：

> 雖然，每至於族，吾見其難為，怵然為戒，視為止、
> 行為遲。動刀甚微，謋然已解，如土委地。提刀而
> 立，為之四顧，為之躊躇滿志。善刀而藏之。

庖丁在第三階段不僅表現其出神入化、游刃有餘的完美技術，更

進而將此完美技術藝術化，向生命意義開展，一種全新的、感性回歸的生命圖象，他所使用的語言，也轉化、提升為高度感性的語言。

　　我們嘗試著用意譯的方式陳述其言外之意，庖丁說：

　　　　雖然，每至於族，吾見其難為。

他說：然而，我認真地對待每一件事物，所有事件都是全新的經驗，沒有所謂的舊經驗，也沒有老成世故的知識可以被套用。接著說：

　　　　怵然為戒，視為止、行為遲。

此段內容描寫庖丁保持著好奇的心，探索每一個非經驗、非規範的事物，甚或說是生命規律本身。如果以一種探索、體驗生命規律與意義的心態面對事物，那麼，謙虛、戒懼（怵然為戒）、了解個人極限（視為止）、把握每一個細節（行為遲）等行動準則，也就可以被理解為探索生命意義、提升心理素質的努力。因此，每件事物都是全新的試煉，庖丁說：

　　動刀甚微。謋然已解，如土委地。

庖丁在整個解牛過程中，實際上是應和著每一個事物規律、節奏，如同演奏經典樂曲一般，當指揮（庖丁）畫下終止手勢，樂曲戛然而止，每個音符亦飄散、化於無形，牛隻全形瞬間骨節分離、如土散地，化為塵土。接著文章描寫庖丁顧盼自若的神情：

　　提刀而立，為之四顧，為之躊躇滿志。

這就好像完善的事件過程，也是一段心靈深層能量迸發的過程，這樣的完善過程，使庖丁展現深度的愉悅感，「提刀而立，為之四顧。」表現出庖丁能夠在技術中表現道境的高度滿足感。同時這也是一種高度精神自由的展現，所以「躊躇滿志」，從容自得[4]。最後，文章描寫庖丁擦拭刀而後藏之的細節：

　　善刀而藏之。

4　「為之躊躇滿志」，郭象注：「逸足容豫，自得之謂。」

善：繕也，擦拭的意思。這句話的意思，說明庖丁解牛的完整過程，並不在「謋然已解，如土委地。」的高超技術；也不在「為之躊躇滿志」的高度精神自由；相反地，乃回歸於解牛初始、意念萌發的行為意識，也就是說，庖丁每一次解牛的過程，都回到「藏」的意念，唯有善「藏」，方有每一次的「用」；也就是說，技術完美、精神自由的表現之間，還有一種「善藏」的工夫與層次，通過「善藏技術」、「善藏精神」等工夫，讓技術與精神經由「藏」的工夫，回歸心靈，一種本源性的層次，才能使或技術或精神終始循環、生機不斷[5]。這種回歸本源性層次的工夫，是庖丁解牛「技進於道」的關鍵，這個關鍵，在於通過「意識」提升的工夫，化「氣」為「神」，將能量提升為高度凝煉的能量，也就是「神」。所以庖丁說：

> 臣之所好者，道也，進乎技矣。……臣以神遇，而不以目視。官知止而神欲行。

「以神遇，而不以目視。」唯有排除心知思考產生的障礙，提升

5　老子第5章：「虛而不屈，動而愈出。」也是一種本源性的描述。

意識層次,轉化能量（氣）為高度凝煉能量（神）,運用「神」這種高度凝煉的能量,能自由出入物物之間（以神遇）,或展現完美的技術,或展現精神自由,這就是「道」境。

　　然而,從「官知止」心知思考的排除,到「神欲行」高度凝煉能量的運用,其轉化的關鍵,需要一種提升的工夫,這個工夫,亦即提升「意識」層次,與高層自我連結,也就是本書第五章所論「心齋」的工夫,達到「虛室生白」意識覺知的境界,才能展現「以神遇」、「萬物之化」、「遊乎四海之外」,與天地大化合一的境界。這個境界,有如莊子所說:

> 徇耳目內通,而外於心知,鬼神將來舍,而況人乎,
> 是萬物之化也。（〈人間世〉）
> 乘雲氣,御飛龍,而遊乎四海之外。其神凝。（〈逍遙
> 遊〉）

這裏的「鬼神來舍」,指的是天地精華之氣與人之靈體連結;「其神凝」,強調高度的、神妙的感知能力;「而況人乎」,乃展現:即使是一般人,也可以達到如天地萬化之無限的生命高度。

　　如果說，人的生命特質包括感性、理性以及意志力，那麼，理性與意志力作為社會秩序、道德維護來說，實具有重要正面的貢獻歷史，它們被歸於生命價值的主流，而且特質「外顯」，容易被掌握。而感性能力，作為藝術的創造基礎，它卻不成就什麼，只是呈現感受與存在[6]。在文藝復興、工業革命的近幾個世紀以來，人們高度發展物質科學、探索宇宙、分析萬物，人們幾乎無所不能，這是理性與意志高揚的時代，但是，卻也帶來物欲高漲與人心自大的問題，已經發生的兩次世界大戰以及現今的核子恐怖平衡，還有生態破壞、大地反撲、氣候變遷等等，都是這些問題反映出來的現象。本世紀以來，人們學習反省，發現感性能力相對重要：較之理性，理性以邏輯看待、分析事物，物的展現偏之於「局部」；較之意志力，意志力向自然挑戰極限、展示毅力，物的展現偏之於「有用」；而感性，卻只提供紓解、觀看，感受與體會，向天地萬物的本然面目回歸，物的展現，是物

6　比如二十世紀超現實畫家，馬格利特 René Magritte（1898-1967）曾說：「所有看見的事物背後，都蘊含其他意義。」其以擅長描繪心理層面聞名，畫作有著物象之外的深層意含。他還說：我可以待在家而為世界提供我的想法。（I can stay at home as the world offers me ideas.）意思近於《老子》：「不出戶，知天下。」（47 章）參見馬格利特博物館 http://www.magrittemuseum.be/ 馬格利特基金會 http://www.magritte.be/（2014 年 12 月 11 日查詢）

本身、物物之間的整體與聯繫性，較之於「局部」，它是「全部」；較之於「有用」，它是「無用」。在高度感性能力的觀照下，所有一切，也都只是展現天地萬物存在的本然意義。因此，作為理性與意志力高度發展的後現代，二十一世紀，以感性作為補充，或者說以感性引導、開展創意的時代，將朝著人性化的方向開展，應是必然的趨勢。但是，對感性的認知必須真切，若流於感覺甚或情緒，那將成為芒昧、膚淺的生命亂流。反之，高度感性能力的培養，必須經過「意識提升的工夫」，方能統合理性與意志力，展現人類智慧。從感受能力到感性、到高度感性，這其間的層層轉化與提升，不可不辨明。

二 回到感性，由感性回歸

余秋雨在《藝術創造工程》曾經引柏格森的說法，談到有關感性、直覺的特質，他說：「直覺是指一種掙脫了理性分析而能直接、整體、本能地把握世界精神和人類意識的能力。」[7]我們可以說，莊子思想屬於直覺性的、感性的也是藝術性的，其以回

7　余秋雨：《藝術創造工程》（臺北市：允晨文化出版社，1998 年），頁193。

歸感性為主題，在天地萬物自然中體悟真義，特別對於本世紀的
人們來說，實具有深刻地意義。

參　道進乎技

〈養生主〉第一則寓言「庖丁解牛」之二

> 庖丁為文惠君解牛，手之所觸、肩之所倚、足之所
> 履、膝之所踦，砉然嚮然，奏刀騞然，莫不中音，合
> 於桑林之舞，乃中經首之會。文惠君曰：嘻，善哉！
> 技蓋至此乎！庖丁釋刀對曰：臣之所好者，道也，進
> 乎技矣。

一　技：落實於生活，腳踏實地

要如何把握「感性回歸」的路徑？感性回歸的路徑乃以「通
天地一氣」為主軸，從「保身」作基本功課，進而提升意識的高

度，與高層自我連結，開展「天性」[8]。〈養生主〉講「養生」，從「庖丁解牛」的技術層面講起，換言之，「保身」既是養生，也是技術，也是通向「道」的路徑，「道」並非抽離現實遠離人生，它就在具體可把握的身體、就在日常勞動的工作中、勞動工作者的形象裏，比如〈人間世〉的「匠石」、〈達生〉的「承蜩老人」，還有〈知北遊〉「每下愈況」、「在屎溺」的「道」。這都是要破除人們對「道」抽象而不易把握的迷思，莊子說：「每下愈況。汝唯莫必，無乎逃物，至道若是，大言亦然。」意思是說，「道」就在生活中，在萬物中，如果你一定要追根究柢地問「道」在最底層的何處？那就是落入邏輯分析的陷阱（汝唯莫必），所以才說：「在屎溺。」其實莊子要說的是「道」無逃於物（「無乎逃物」），道，就在具體的萬物中。所以，庖丁說：「道，進乎技矣。」「道」就在技術表現中[9]，它並不抽離於現實生活與技能，它就表現在現實生活與技能。就像〈齊物論〉說：「寓諸庸，庸也者，用也。」也是這個意思，落實於生活、落實

---

8 《莊子‧養生主》：「可以保身，可以全生（性）。」

9 《說文》：「進，登也。」「道也，進乎技矣。」可有兩解，一者強調「道」超越技術層次；一者說明「道」通過技術表現其境界（在技中登假，〈大宗師〉：「是知之能登假於道也若此。」道表現於知，也是同樣的意思）、現實生活（吾聞庖丁之言，得養生焉）。本文採用後者。

於技能、腳踏實地，就是達於「道」境的基礎之路。

　　也有科技教育學者提倡莊子技道的思想，他們認為道是技的靈魂與歸宿，技是實現道的途徑，其最終目標是技道合一[10]。李零也曾說：「古代道家本與方技相通，常被研究者忽略。其實對道家來說，這是更根本的東西。」[11]他強調的也是就莊子思想不離養生、不抽離技術而講「道」，這樣的思想特質。李澤厚的美學則將庖丁解牛歸為社會美學中的「技術美」，他說：「美之所以是自由的形式，不也正在於通過技術來消除目的性與規律性的對峙，以達到從心所欲，恢恢乎游刃有餘嗎？庖丁解牛是古代的個人故事，現代科技工藝不正使整個人類將要處在或正追求去達到這種自由的王國嗎？」[12]可見「道」不遠矣，它就在現實生活、踏實的技藝裏。

10　陳列尊、張登玉：〈莊子技道觀對教育技術的啟迪與反思〉，《現代教育技術》，衡陽師範學院物理與電子訊息科學系，2009 年 4 月。

11　李零：〈說黃老〉，《李零自選集》（桂林市：廣西師範大學出版社，1998年），頁 287。方技，根據《漢書‧藝文志》，方技家以醫學為理論基礎，包括後世所說的醫家與方士。

12　李澤厚：《美學四講》（臺北市：人間出版社，1988 年），頁 76。

二 道：提升性靈、靈性開發，豐富生命

頁 | 192

　　錢穆說：「人又何以能用心專一於道？⋯⋯惟其繫心一物，故能盡忘萬物。⋯⋯然則人心之至於神，不僅無思，亦且無知，乃始謂之神耳。」[13]體「道」之路，要以「物」為基礎，腳踏實地，才能迎向天際，與道合一。雖然，這並非如頓悟般神奇不可說，但是，如何與靈體連結，開啟人與宇宙天地萬物合一的通路，如何運用當代語言表述？一直是有心者努力的方向。

　　如前文所引，所謂「療癒」，是透過「共振」來轉換人的電磁場中低頻能量狀態，這表示我們是可以經由一些方法來調高我們的能量，把粗糙笨重、密度大的能量，轉化昇華成精細輕快、密度小、振頻高的能量。共振可應用在人體的各個層次上，在靈性上，可以將人的意識從原本只認同有形的肉體，提高到也能感覺無形靈體的狀態，從而喚醒我們的靈性意識，重新和自性本體連結，最後達到和宇宙合為一體的狀態。

13　錢穆：《莊老通辨》（臺北市：東大圖書公司，1991 年），頁 200。

三　做一個「全人」，身心平衡的人

　　落實於生活，腳踏實地；提升意識，朝著與高層自我連結的方向努力的人，都可以說是身心平衡的「全」人。莊子思想並不講「全人」，他講「至人」、「真人」、「神人」，強調的是體悟道境，與宇宙天地合一的人。我們現代人講「全人」，這個「全」字，更著重身體與心靈的平衡掌握，這就像是〈養生主〉的文惠君所說：「嘻，善哉！技蓋至此乎！」「善哉，吾得庖丁之言，得養生焉。」因為從「養生」層面來看，身心平衡的人，已經能夠掌握體「道」的方向，對於一般人來說，已經足夠。換言之，文惠君將庖丁解牛理解為高超完美的技術，雖不中，亦不遠矣，學〈養生主〉而得養生之道，也算把握體「道」之鑰。

　　然而，「庖丁解牛」不僅止於「養生」之道，其實已得養生之主，也就是他已得體悟之境，與高層自我連結，與外物合一，而以一種音律樂舞和諧的形式表現出優質的「共振」情境，

　　　　手之所觸、肩之所倚、足之所履，砉然嚮然，奏刀騞然，莫不中音，合於桑林之舞，乃中經首之會。

這裏描述庖丁運刀肢解牛隻的動作（砉然嚮然），牛隻骨節分離時發出的聲響（奏刀騞然），一切都合於韻律與節奏，就像是演奏著優質的古典樂舞，如商湯時的桑林舞、堯時樂曲《咸池》一章。前文曾提及「療癒」課題裏所運用的「共振」理論，透過「共振」來轉換人的電磁場中低頻的能量狀態，而庖丁解牛「合於桑林之舞，乃中經首之會。」就是一種合於韻律的共振原理，振動韻律強大的物質，使得較弱的一方以同樣的速率振動，形成同步共振的現象，當文惠君說：「嘻，善哉！技蓋至此乎！」就是文惠君感動於庖丁解牛的神技，形成一種同步共振的現象。

　　此外，我們也可以運用共振原理來說明共振與身體的關係，如：「氣即共振，也是身體血液循環的原動力；身體經絡、穴道、器官形成共振網路。此外，大自然的聲音，也是高度和諧的共振，人體發聲，也形成振動，也會影響我們身體脈波的振動，很多氣功都要求發音，也是這個道理。……不論是咒語或打坐，都是一方面放鬆精神，一方面調整氣血，讓身體的共振達到最理想的狀態[14]。」〈齊物論〉說：「大塊噫氣」，就是大自然的共振，大自然振動韻律強，最能產生和諧感，這也是〈知北遊〉所說：

14　王唯工：《氣的樂章》（臺北市：大塊文化出版公司，2004 年），頁 75、105、62、116。

「天地有大美」,「大美」,強調的是一種合於韻律、振動強的高度和諧感,換言之,大自然之氣也可以調整身體,讓身體的共振達到最理想的狀態。

肆　本質與形式的平衡把握

〈養生主〉第二則寓言「右師刖足」

公文軒見右師而驚曰:「是何人也,惡乎介也。天與?其人與?」曰:「天也,非人也。」天之生是使獨也,人之貌有與也,以是知其天也,非人也。

〈養生主〉第三則寓言「澤雉神旺」

澤雉十步一啄,百步一飲,不蘄畜乎樊中,神雖王(旺),不善也。

一　本質與形式非二分

　　第一則故事講人們常有著二元化的思考模式，善與惡，罪與罰，兩足與獨足，究竟何者能代表右師？刑罰建立社會秩序，道德衡量善惡，但是刑罰、善惡只能表現社會特定時期的價值，並非永恆。刖刑，是一種挑斷腳筋，屬於警告性質的輕刑，因為是輕刑，執政者常濫用於吏員百姓身上，以致有「履賤踊貴」的諷刺性說法流傳[15]，而右師或因位居要津，或因容貌出眾，竟遭刖刑而獨足，與世俗分判善惡標準形成反差，所以公文軒才會「驚」。莊子的說法是：「天之生是使獨也，人之貌有與也。」意思是說，天命是要讓他成為一隻腳的人，只是眾人都有兩隻腳，成為一隻腳就有一隻腳要去面對的命運，知天命的意義也就在此，不必耽溺於人事紛擾中。

　　讓我們拉開視角，從本質與形式的問題來看，公文軒之「驚」，因為他看到了右師形體的改變（與眾人之兩足不同），形體改變又連繫著罪刑與善惡，所以他「驚」；莊子說「天也，非人也。」這是擺脫形式紛擾，面對命運的說法：命運使右師獨

15　《左傳》晏子諫齊景公濫刑的故事。

足，這是右師要作的人生功課，他可能要轉化心理感受，從形式

紛擾中提升自我，這是面對生命本質的問題。

　　從療癒的角度來看也是如此：我們之所以認為「物質和能量」或「肉體和靈體」截然不同，是因為我們人類有著二元（兩極）化的思考模式。我們所知道的事物，幾乎都是來自知識和邏輯，而知識和邏輯形成了思想，思想就成為語言的基礎，這種模式使得人類變成二元化的產物，有著二元化的思考方式。因此，在人的世界裡有「善」就有「惡」，有「對」自然有「錯」，有「好」更是有「壞」，有「快樂」當然也有「痛苦」，一切皆有對立面。事實上，善與惡屬同一屬性，對、錯是一樣的東西，好、壞更無差別，歡樂也潛藏著痛苦，它們都是現象的二元對立[16]。

　　身體與靈體為一，本質相同，都是能量的表現，也就是說，本質是「一」，就是靈體與肉體。存在是本質，本質的活動則是形式[17]，形式的表現，源於主體的認知與知覺經驗[18]。本質與形

16　參見賽安慈、吳至青：《還我本來面目》（臺北市：商周出版社，2009年），頁32。

17　卡爾拉納《在世界的靈》，引自李麗娟：《從卡爾拉納「靈」的觀念看身體靈魂的問題》，頁246。拉納認為靈與物質（身體）非二分，兩者之分只在於我們對一個實在性作兩種不同方向的描述。

18　根據Dreskte所提出的表現自然主義觀點。參見注17，頁233。

式的平衡把握，在於體認形式表現乃根源於存在本質（身體）對
現象的認知與感覺經驗，它屬於能量體質量較粗的層次，與靈體
的感知屬於能量體較細密的層次不同，它們都根源於本質，但是
有層次的不同，平衡把握的「平衡」，即在於體認身體與靈體為
「一」，但是能量粗細不同；平衡把握的「把握」，即把握將粗重
的能量轉化，提升為精細的能量。

> 為善無近名，為惡無近刑。（〈養生主〉）
>
> 余愧乎道德，是以上不敢為義之操，而下不敢為淫僻
> 之行也。（〈駢拇〉）

　　以上莊子所說，就是要破除人們陷溺於善與惡、名與刑、義
行與淫僻等二元思維的迷思。

　　〈刻意〉篇也列舉了五種陷溺於形式表現，未能把握本質的
迷思[19]，比如：離世異俗的山谷之士，與恭儉推讓的平世之士相

19　〈刻意〉：「刻意尚行，離世異俗、高論怨誹，為亢而已矣，此山谷之士，
　　非世俗之人，枯槁赴淵者之所好也。語仁義忠信、恭儉推讓，為修而已
　　矣，此平世之士，教誨之人，遊居學者之所好也。語大功、立大名，禮君
　　臣、正上下，為治而已矣，此朝廷之士，尊主彊國之人，致功并兼者之所
　　好也。就藪澤、處閒曠，釣魚閒處，無為而已矣，此江海之士，避世之

對比；立功名治理國家的朝廷之士，與避世閒處的江海之士對比，他們所表現者，都在世俗價值的兩端，若以心為內、形為外，則離世、避世者自以為處「內」，把握了心靈的本質；而恭儉、朝廷之士自以為治「外」，掌控了社會秩序與規則，其實，這都是陷溺於「本質、形式」二分的認知誤區，因為本質與形式也是一體，所以莊子說：「若夫不刻意為高，無仁義而修，無功名而治，無江海而閒，不道引而壽。無不忘也，無不有也。」「無不忘也」的「忘」是忘卻形式，「無不有也」的「有」是保有本質。因為，形式表現必須以本質為主體，而本質也須通過形式來呈現，這才是「道」的真義。

二　本質的轉化與形式的交互運用

根據物理學科學知識，物質即能量，不論有形無形。能量是不滅的，而且，能量可以轉換，「可以從振頻低的一極，轉換成

人，閒暇者之所好也。吹呴呼吸，吐故納新，熊經鳥申，為壽而已矣，此道引之士，養形之人，彭祖壽考者之所好也。若夫不刻意為高，無仁義而修，無功名而治，無江海而閒，不道引而壽。無不忘也，無不有也。澹然無極，而眾美從之。此天地之道，聖人之德也。」

連續體上振頻高的另一極。」[20]人的思想、感覺和意識，這些無形的能量，也可以透過如前所述的「共振」來調高能量，轉化粗糙密度大的能量，成為精細密度小的能量。這也是〈知北遊〉所說：「其所美者為神奇，其所惡者為臭腐。臭腐復化為神奇，神奇復化為臭腐。故曰通天下一氣也。」

〈養生主〉第二則寓言，從「轉換能量到提升能量」的角度來看，就可以清楚明白。「澤雉十步一啄，百步一飲，不蘄畜乎樊中，神雖旺，不善也。」澤雉「不希望被畜養在籠中」，牢籠，好比是物質欲望對我們的匡限，從轉換到提升的過程，就是要去除以物質餵養身體的迷思，這個迷思就是牢籠，澤雉「十步一啄，百步一飲，……神旺。」意謂去除牢籠，也就是從轉換到提升能量的過程，並非舒適、簡易，換言之，這是在說：從養身到養心的轉換，提升到「神」的境界，也就是體悟高層自我，這段歷程之不易。這則寓言最終說：「神雖旺，不善也。」意思是說澤雉神氣雖旺，但是卻「不自覺其善」[21]，或者可以理解為「不像世俗所謂的善」，作這樣解釋，對於「畜於樊中而以為善」的

20　同注 16，頁 34、32。

21　清人陳壽昌說：「以澤中之飲為常，神氣雖旺，卻不自覺其善。忘適之適如此。」

世俗價值，或許更具有反思的作用，這是在提醒人們：體悟高層
自我，並非在成就什麼，擁有什麼，只是呈現物之本然而已。

伍　理性與感性平衡

〈養生主〉第四則寓言「老耼懸解」

> 適來，夫子順也，適去，夫子順也，安時而處順，哀
> 樂不能入也。古者謂是帝之縣（懸）解。

　　這一段是講古人有所謂「死亡即懸解」[22]的說法，莊子將之
提升到「帝之懸解」的境界。什麼是「帝之懸解」？「帝」在這
裏指的是「自然」，也就是「懸解」不必等待形體消亡，懸解就
在自然大化、生命歷程本身，所以，莊子說：「安時處順，哀樂
不能入。」〈大宗師〉也有一段相同的說法：「得者，時也；失
者，順也，安時而處順，哀樂不能入也。此古之所謂懸解也。」
意思是：得志，乃時運，安於心，不雀喜；失志，順事之變，泰

22　崔譔說：「以生為懸，以死為解。」

然處之,「安時處順」,所以不必陷於情緒哀樂之糾纏。當生命高度達於道境,與高層自我與天地自然連結,其所體悟感知,也就是一段自然大化和諧平衡的歷程。生命的歷程,就像〈大宗師〉所說:「大塊載我以形,勞我以生,佚我以老,息我以死。故善吾生者,乃所以善吾死也。」「善吾生者,乃所以善吾死也。」意思是說:大自然(大塊)滋養我的身體與靈體,豐富我的生活與生命(善我以生),大自然也將代謝我的肉體,讓我的靈體得到安息,生死懸解的秘密,就在大自然。也就是說,莊子並不從宗教的角度,教人們從死亡解脫,相反地,他重生,教人們即生命而體盡無窮,這種思想,是一種感性的表現,李澤厚且將之視為「審美的超越」,「具有感性、現實性的自由、快樂。」

> 莊子是重生的,他不否定感性。這不僅表現在「保生全身」、「不夭斤斧」和「安時處順」等方面,而且也表現在莊子對死亡並不採取宗教性的解脫,而毋寧是審美的超越上。他把死不看作拯救,而當作解放,從而似乎是具有感性、現實性的自由、快樂[23]。

23　李澤厚:〈莊玄禪宗漫述〉,《中國古代思想史論》(臺北市:風雲時代出版社,1991 年),頁 221。

但是，莊子的感性是一種高度自覺、高度的感性能力，這種高度自覺的感性能力，融會滲透了認知、理性與意志力，這是一種有機統合能力，就像余秋雨所說：

> 越來越多的藝術家認識到，只有深刻地體會內容和形式之間無分彼此的有機統一關係，才能正確地把握藝術創造工程[24]。

這種「體會內容和形式之間無分彼此的有機統一關係」，表現一種藝術創造者的高度自由心靈，也可以用來說明莊子思想「感性」的特質，其心靈高度自由，所以不為形式變化所拘困，是感性而非感受而已。以喪禮為例，〈養生主〉描述秦佚弔老聃：

> 向吾入而弔焉，有老者哭之，如哭其子；少者哭之，如哭其母。其所以會之，必有不蘄言而言，不蘄哭而哭者。是遁天倍情，忘其所受，古者謂之遁天之刑。

24　同注 7，頁 192。

「有老者哭之，如哭其子；少者哭之，如哭其母。」「不蘄言而言，不蘄哭而哭。」這些都是「情感錯置」的現象，情感來自內心，內心如果創痕累累，他一定無法真實體會、真實感受，就像莊子所說：「遁天倍情，忘其所受。」天地自然賦予人心靈性感受能力，但是人們往往因為生命過程的創傷，或受制於認知、理性、意志，情感無法真實流露，這都是隱遁了自然天性的真情，忘卻其秉受天地自然的原初。天地自然的原初，是感性的存在，而非其他。所以，情感錯置，把情感投射到錯誤的方向，都將離自然愈遠，就好就承受著無形的枷鎖（刑）。

如何使情感不至於錯置？意識覺知，提升意識到高層自我，是最好的方向。以莊子的語言來說，就是通過「心齋」的工夫，以「真宰」、「真君」之意識，觸碰寓於心之靈體，使「虛室生白」，靈體發散光芒。「心齋」的工夫，乃是以感性統合知性與理性，理性與感性平衡的意義在此。誠如李澤厚所說：「再偉大的科學著作也會過時，而哲學名著卻和文藝作品一樣，可以永恆存在。為什麼？這大概就是此獨特的『人生之詩』的魅力所在。這詩並非藝術，而是思辨；它不是非自覺性的情感形式；而是高度自覺性的思辨形式；它表達和滿足的不只是情感，而且還是知

性和理性，它似乎是某些深藏永恆性情感的思辨、反思，這『人生之詩』是人類高層次的自我意識，是人意識其自己存在的最高方式，從而擁有永恆的魅力。」[25]這段話所說的意思，正是詮釋莊子「心齋」工夫，以感性統合知性與理性的最佳寫照，而「老聃懸解」安時處順的意思，也是同樣的意旨。

陸　薪盡火傳的真義

那麼，什麼才是生命真實的方向呢？回歸感性，踏實地生活，豐富生命，提升生命高度，讓生命發光發熱，就是一趟完美的人生旅程。誠如，莊子在講完四則寓言故事後，以下列這段話作為結語：

指窮於為薪，火傳也，不知其盡也。

指，或解作「脂膏」，塗在薪材以助燃[26]。意思是說：脂膏塗在薪材做成火把，脂膏燃盡薪材消亡，火也已然光耀，沒有窮盡之

25　李澤厚：《美學四講》（臺北市：人間出版社，1988 年），頁 16。

26　崔譔注：「薪火，爝火也。」朱桂曜：「指為脂」，見《莊子內篇證補》。

時。或解作「所指」，意思是說：指薪為火，此薪燃盡，所指窮矣，而火已然光亮不滅，這裏所說的「薪」，是比喻有涯的生命[27]。

　　指，還有一種解釋是「萬物」。〈齊物論〉說：「天地，一指也，萬物，一馬也。」阮籍〈達莊論〉解為：「以天地為一物，以萬物為一指。」「天地一指」即「天地一物」，〈達生〉篇說：「指與物化，而不以心稽，故其靈臺一而不桎。」「指與物化」，意思是說萬物都隨天地大化體盡無窮。（指與物化）這種體悟，不從心知思考而得，卻是與寓於心之靈體（靈府、靈臺）連結合一所體悟的境界。（而不以心稽）這種心靈，自由和諧，沒有桎梏。（其靈臺一而不桎）吾人以為，〈達生〉篇的解釋，較能貼近莊子原意，原意的主旨強調「火傳，不知其盡也。」所以我們也當從此探其寓義。〈養生主〉講「緣督以為經」，講「保身」、「全天性」，如前所論，這都是與「氣」相關，從現代量子物理學知識來說，物質即能量，也就是我們所說的「氣」，或是物理學所說的「振動」。有形或無形都是不斷振動的能量，當能量轉化為振動頻率高、精細、密度小，濃縮凝結而以「光」的形式表

27　清人錢澄之，《莊屈合詁》。

現，這就是莊子這裏所說的「火傳也」，火散發光芒，其以高度凝煉濃縮的「光亮」照射四方，其能量也散盡於大化中，所以說「不知其盡也。」至於「指窮於為薪」，意思是說：物形（指）就像是薪材，薪材燃燒是為了光亮與溫暖，人之生命固亦如薪材，體悟與提升生命的高度，連結心之靈體，散發光芒於大化流轉中。人，氣化而生，終將隨氣散而消亡，然而靈體之光，終將散入天地山川，與日月相輝映，這是莊子所說的生命高度，也是薪盡火傳，養生之主的精義。

柒　結語

　　陶潛〈戊申歲三月中遇火〉詩：「形迹憑化往，靈府長獨閒。」意思是說：我們的形體終將隨著大化衰老滅亡，人生際遇熱熱鬧鬧一場，而我們心中靈體，卻能如此地悠閒、燭照生命、體盡無窮。平凡如我們，如能體會一、二，雖不能連結靈性，體盡無窮，或許也能如〈桃花源記〉的漁夫「捕魚為業，緣溪行，忘路之遠近。」暫時「忘」卻功利與生計，開個洞口之光，來一趟心靈之旅。畢竟體悟與提升之徑，非刻意尋覓而可得，是吾人常保藝術心靈，接近大自然，回歸感性，在感性中療癒自身，就是一

條接近光明的路。這生命不要刻意，感性就是忘卻。

　　莊子說：「吾生也有涯，而知也無涯，以有涯隨無涯，殆已。已而為知者，殆而已矣。」（《養生主》）在現實生活中，感性生命做為一種理想狀態，以知識追求，它就離我們愈遠。而，重視生活，豐富生命，一息一得，「道」在其中矣。

參考書目

王唯工　《氣的樂章》　臺北市　大塊文化出版公司　2004 年

余秋雨　《藝術創造工程》　臺北市　允晨文化出版社　1998 年

李　零　《李零自選集》　桂林市　廣西師範大學出版社　1998 年

李澤厚　《中國古代思想史論》　臺北市　風雲時代出版社
　　　　1991 年

李澤厚　《美學四講》　臺北市　人間出版社　1988 年

周策縱　〈《莊子‧養生主》篇本義復原〉　《中國文哲研究集刊》
　　　　第 2 輯　1992 年

徐復觀　《中國藝術精神》　臺北市　臺灣學生書店　1992 年

張長琳　《人體的彩虹》　臺北市　橡實文化出版社　2010 年

陳列尊、張登玉　〈莊子技道觀對教育技術的啟迪與反思〉
　　　　《現代教育技術》　衡陽師範學院物理與電子訊息科學
　　　　系　2009 年 4 月

楊定一、楊元寧　《靜坐的科學、醫學與心靈之旅》　臺北市
　　　　天下雜誌公司　2014 年

錢　穆　《莊子纂箋》　臺北市　東大圖書公司　1993 年

賽安慈、吳至青　《還我本來面目》　臺北市　商周出版社
　　2009 年

（美）大衛・霍金斯　蔡孟璇譯　《心靈能量──藏在身體裡的
　　大智慧》　臺北市　方智出版社公司　2014 年

（美）Richard J.Davidson & Sharon Begley　洪蘭譯　《情緒大腦
　　的秘密檔案──情意神經科學泰斗從探索情緒形態到實
　　踐正面冥想改變生命的旅程》　臺北市　遠流出版公司
　　2013 年

（美）卡普拉　朱潤生譯　《物理學之道──近代物理學與東方
　　神秘主義》　北京市　中央編譯出版社　2012 年

（美）平克（Daniel H. Pink）　《未來在等待的人才》（*A Whole
　　New Mind*）　臺北市　大塊文化出版公司　2006 年

（美）艾克哈特・托勒　《當下的力量》　臺北市　橡實文化出
　　版社　2008 年

（美）海瑟・威廉斯　《與自己的心靈對話》　臺北市　臉譜出
　　版社　2010 年

（英）彼得・羅素　舒恩譯　《從科學到神──一位物理學家的意
　　識探秘之旅》　深圳市　深圳報業集團出版社　2012 年

第七章　結語
感受學習法的理論與實踐

一　話說從頭

　　寫這本書的源頭，要追溯到二〇一〇年七月二日，筆者在一場名為「品藝人生」的研討會上發表的文章：〈藝術心靈療癒人生——從《莊子‧養生主》的教學心得說起〉；接著，在二〇一一到二〇一四年間，陸續發表〈談談體驗式學習導入的國文教學——以「愛身」課程設計為例〉、〈自然題材的閱讀與書寫——以「大地之愛」單元課程設計為例〉、〈體驗式學習導入國文課程的成果檢視——以修課後兩年內學員問卷調查研究與檢討〉等三篇文章。這五年間，大學課程教材教法的改革聲浪不斷，諸多衝擊迴響於心，因緣際會，筆者也於二〇一一年八月起，連續三個年度參與執行由教育部推動的「全校性閱讀書寫課程推動與革新計畫」，加入課程革新的行列。前述二〇一一到二〇一四年間的三篇文章，就是在這段時間，分別於第一至第三屆「全國大一國文創新教學研討會」[1]所發表。

　　本書在此基礎上，擴充發揮相關性的議題與內容，保留三篇

1　全國大一國文創新教學研討會，由致理技術學院通識教育中心閱讀書寫計畫團隊籌畫主辦，向全國教授大一國文的教師徵稿。研討會於二〇一一年起，每年六月舉辦一次，目前已舉辦三屆。

以「體驗式學習導入」為題的系列論文，作為本書第二、三章的「創新教案」與第四章的「調查報告」，作為國文課程實務創新方向；此外，重新改寫二〇一〇年的文章，分別為第五章〈體驗式學習與莊子「心齋」思想〉，以及第六章〈莊子〈養生主〉四則寓言的啟示〉，作為本書的「古典理論」，全書以「感受能力」為核心思想，提出「情境感受學習圈」理論，以為綱領：各章節主題包含：創新課程的教案兩篇、學習成果的調查報告，以及古典理論兩篇。本章綜合前文所論，並提出課程改革的兩點具體建議，包括：「『感受』是學習的核心與動力」、「『感受』的評量問題」；此外，將本書重要論點整理成「『情境感受學習圈』的四問四答」，以明全書思想脈絡；結語以「國文課程培養『感受能力』的簡易要領」，提供便利性的流覽。以下各段分別敘述之。

二　「感受」是學習的核心與動力

　　除了作為教學現場第一線的教師，也著意於課程教材教法的研究，筆者發現，在實務與理論之間，有一種很特別的互動與關聯，依照邏輯：理論，乃研究者根據經驗、反思、概念化、預設

實務成果等過程；實務，乃教學者融入經驗、操作與調整教材教法、完成教學成果等過程。從理論到實務，若以「成果」來衡量其效益[2]，則，「成果」的訂定標準，往往是理論實務能否相互應證的關鍵。譬如，筆者在國文閱讀書寫課程中，先預設五個指標，包括思考、感受、表達以及閱讀、書寫能力等五項指標，結果發現，感受能力與閱讀能力的進步是最大的，其中，又以感受能力的表現最好[3]，與理論預期成果相符。根據效益主義的邏輯，如果說：追求「最大幸福」（Maximum Happiness）、實用與否，就是「最好」、「最大效益」，那麼，學員們在「感受能力」的成果表現，正可以說明實施創新國文課程所獲得的「效益」，確實與專業課程強調計算、分析、演繹等用數據量化的能力，其評量結果有所不同。

　　筆者以為，通識課程如果以培養感性能力為教學目標，或可以考慮將「感受能力」納入「效益」檢核項目，這將可以看到學

2　效益主義：英國哲學家兼經濟學家邊沁和米爾提出。其基本理論是：一種行為如有助於增進幸福，則為正確的；若導致產生和幸福相反的東西，則為錯誤的。幸福不僅涉及行為的當事人，也涉及受該行為影響的每一個人。效益主義不考慮一個人行為的動機與手段，僅考慮一個行為的結果對最大快樂值的影響。能增加最大快樂值的即是善；反之即為惡。

3　參見本書第四章第參節之四，表九〈文字回饋內容分析百分比〉，頁 115。

員更全面性的學習風格。雖然「感受能力」抽象成分居多，在表意上也容易與「描寫能力」混淆，其實，兩者相類而非相等：「感受能力」必須源自內心真實感受，其衡量的標準是「說真話」。換言之，「真話」是先決條件，這時，語言文字是橋樑而非主體，但橋樑必須表現為主體真心意念的實體化；「描寫能力」著重語言文字運用能力，語言文字成為主體，「真話」退位而被隱藏，在邏輯上兩者成為既不充分也不必要的條件，表現出游離的狀態，這就是我們看到一篇或一場充滿華美詞藻的文章或演說，卻可能無所感受的原因。

其次，「感受能力」是感知自我價值與意義，並非以知識增進與技能純熟為首要目標。前者是向內的、包含向身體與心靈的能量匯聚與湧動；後者是向外的、主要刺激大腦思考與鼓動意志、激發渴望為特色。筆者以為，感受能力與思考能力，都是重要的學習指標，然而，課程設計者與授課教師，如能意識到感受能力與思考能力的前後優先順序，了解到這樣的學習表現可以更穩固、更優質、具備創造力的基礎，則必然能夠在課程設計與成果評量上，取得更務實的方向與明顯的「效益」。

進一步說，「感受」，表現為向內體察、釋放情感的感受能力，這是「情境感受學習圈」的核心成果。根據理論與實際調查

結果顯示，這種向內連結的現象，有助於從「感受能力」到「感性能力」的轉化[4]。

三　「感受」的評量問題

我們也許要問，「感受能力」這樣抽象的目標如何評量成果？評量的標準是什麼？筆者以為，以「情境感受學習圈」設計課程為例，學員的「感受能力」應當作為主要教學目標，評量的設計與評分標準，必須交給教學現場的教師，如果課程執行是教師團隊，那麼團隊教師也應當遵循「感受」原則，給予團隊教師真心話回饋，而非批評或具體建議，以保持教師彼此信任以及建立個別的教學風格。根據經驗顯示，學員喜歡具有「吸引子」[5]效應的教師，有時並不因為教師教學技巧或教材方法新穎，更常見的是因為教師扮演「引導與連結」的角色，也就是「隱藏版教

4　見本書第四章第參節（二）第 3 點，頁 117-118。

5　取自物理學的「吸引子」（attactor）概念，它像一個和諧金字塔的高度點，它具有自我修復的能力，凡身體越好，心理素質越好者，受干擾而回復的速度也越快。參見張長琳：《人體的彩虹》（臺北市：橡實文化出版社，2010 年），頁 270。

師」[6]，讓學員感受自己是學習的核心，也是整體的一部分，使得整體課程與個體感受有機地結合。因此，只有透過具備教學現場「感受」經驗的教師，能作出學員「感受能力」提升與否的判別，因此，這類課程的成果效益，更應著重「感受能力」的學習曲線變化，而非個別孤立的成效數據。

有關感受能力的學習曲線，可參考本書第四章問卷內容，先設計包含思考、感受、表達、閱讀、書寫能力等五個能力指標，以文字回饋方式進行評量，再由評量解讀者將回饋文字轉換成數字，分別計入五個能力指標中，所得出的結果，可以換算成百分比，或者曲線圖[7]。如果要呈現學習前、後參照，可以在學期初實施第一次，在期末考前實施第二次，即可得到團體學習的成果參照數據。如果個別成員出現學習困擾，也可以此學員的五個能力指標中發現癥結，作為課程輔導的參考方向。

6　見本書第四章第肆節（二），頁 122-125。

7　參考第四章第參節之四，表九〈文字回饋內容分析百分比〉，頁 115。曲線圖也可以依此表繪製。

四　「情境感受學習圈」的四問四答

（一）為什麼採用「體驗式學習」？

體驗式學習是一九八〇年代，庫伯（David A. Kolb）整合經驗學習理論，提出「經驗學習圈（The Experiential Learning Cycle）」，普遍受到教育界青睞的學習方法。由於體驗式學習重視學員學習風格的差異，包括內在性格、氣質，生活背景、工作經驗、教育水平等的差異，形成每位學員「學習風格」的非一致性，根據經驗學習圈理論，他將學習的風格大致分為四類，包括：經驗型學習者、反思型學習者、理論型學習者以及應用型學習者。這四種風格不存在優劣的價值判斷，而是具有互補性。因此，經驗學習圈的設計目的是經由學習者互相啟發、分享知識的過程，得到新知、傳播新知。

體驗式學習理論的發展，隨著二十世紀末知識經濟時代，歐美等資訊發達的國家，挾著資訊傳播優勢，經濟與新知快速發展，各行各業的培訓活動，也因為採用這種學習理論方法而成效顯著。由於體驗式學習理論對於新知識傳播的成效，因而歐美教

育界也將這種新教學理論與方法引進學校教育中，進而掀起一場學習震撼，促使教育界將教育的焦點由過去單向的「學習與接受」，轉變成雙向的「學習與經驗互動」的型態；過去以教師為教學現場主角的傳統，也紛紛轉向、改變，以學生為主體的教學設計，成為教育改革的標竿。這股動能在上世紀末發酵，持續至本世紀初，浪潮仍舊不斷。

　　隨著二十一世紀初，歐美以外的新興經濟體人才快速發展，這些人才占領更多白領階層的工作領域，加上資訊網路發達，新知傳播如野火、如甘霖般燎燒灌溉，促使專業人才不斷冒頭，就業市場人才飽和、競爭愈加激烈。「一技之長」的教育投資與概念，顯然已經不足以因應人才過剩的現象；與此同時，全球化經濟合作推波助瀾、網路搜尋引擎與社群網站彼此熱情串連、互聯網隨時聽候消費者使喚，小眾化消費勢力（包括知識的消費）迅速擴張，社群、小眾，已經不再是被動消費者，在某種程度上，社群與小眾扮演起資訊新知的傳播者，這些小眾，集小勢力而造就大趨勢，改變了過去生產與消費的市場遊戲規則，消費者在消費的同時，他也同時扮演主動或被動的傳播者[8]，主、客形勢彼

8　在社群網路，會收到社群成員的貼文、活動，或者推薦某產品的訊息，這些訊息的傳播，或出於主動，或緣於消費優惠的必要條件，這樣的消費小

此牽動易位，沒有既定的遊戲規則與學習模式，知識經濟的潮流悄然引退，取而代之的，是小眾化的時代，是強調「獨特性與價值性」等等以「感受」為訴求的感性潮流。

　　因此，流行於知識經濟時代的「經驗學習圈」，必須有所改良。

（二）為什麼在體驗式學習圈中心加入「核心」？

　　過去，以知識經濟時代為背景所設計的「經驗學習圈」，成功地扮演單向「傳播新知」的教育者角色，它是以「新知」為主體的學習模式；感性時代需要雙向互動的「新知傳播」，學習者兼具創造、生產者角色，形成雙向互動模式。有鑑於此，在學校課程設計上，必須有所因應。「情境感受學習圈」理論，能針對「獨特性與價值性」取代傳統對於「新知」界定而產生的學習焦點模糊的問題，它能有效結合小眾獨特性與價值性的感性訴求，將「新知」融入小眾「感受」，以「感受」為學習動力，學員依據個人不同風格，對新知作反芻學習，學習成果更為紮實。「情

眾，在有意無意間，成為消費市場的傳播者、主導者。

境感受學習圈」是以「感受」為主體的學習模式，它可以簡單、有效地讓學習者找到學習定位，在茫茫資訊潮浪中下錨，能讓學習者安身、也能安心的學習方法。

下表比較「經驗學習圈」，說明「情境感受學習圈」的特色：

經驗學習圈與情境感受學習圈對照說明表

	經驗學習圈	情境感受學習圈
主要特色	以「傳播新知」為目的	以學員為中心的教學
目標設立	新知的認知與吸收	學員的體驗與感受
學習歷程	→體驗→分享→共識→行動→（四步驟次第循環）	┌→體驗→感受→分享回饋┐ ↑分享回饋←書寫←閱讀←┘ （以「感受」為核心的循環）
教學成果	新知累積	情意性表現
適用範疇	知識經濟	感性訴求

	經驗學習圈	情境感受學習圈
型態表現	邏輯性	故事性
內在動機	合於經濟	合於價值
學習媒介	身體的（做中學）	感受的（轉化與提升）

「情境感受學習圈」，設計概念採用學習圈「圈」的意義，強調正向學習的循環、互轉，但是並不限於真實環境、經驗的學習，而是以培養感受的靈敏度、感性與體會能力、開發潛能與創造力為目標，並以生命教育為價值核心。

「情境感受學習圈」的學習歷程由「四個『是』」作情境感受引導，四個「是」，分別是：「是什麼？」、「什麼是？」、「現在是。」、「我是。」四階段次第循環：

是什麼？　設計目的：身臨其境；

什麼是？　設計目的：換位思考；

　　　　現在是。　設計目的：回到自身；

　　　　我　是。　設計目的：轉化提升；

頁│224

學習的核心是「感受」，「感受」是學習媒介也同時是學習核心，目的在提升與轉化學習者的「感受能力」。有關「情境感受學習圈」的詳細說明，請參閱第二章第貳節。

（三）為什麼說：文學以「感受」為核心？

　　我們現代所受教育是西方傳來的，西方講邏輯、講科學，將身體視為機械，頭腦掌控一切，相信對於外在的控制，是人們獲得資源與力量的保證。東方思想，傳統中國文化，重視內在心靈、講生命價值，這一套思想讓中國持續在人類歷史舞台上發光五千年，直到西方文藝復興、工業革命，物質高度發展、腦力被奉為萬能，乃至於講生命感受、講心靈價值的中國文化，一度被

視為「沒有哲學思想」[9]。現當代，西方也從機械論中回頭[10]，向內在的、心靈的、感受的、無形的、非思考的、非邏輯性的領域探索。

　　本書選擇以《莊子》思想作為「情境感受學習圈」的古典理論根源，乃著眼於藝術人生與感性能力。《莊子》思想成就的是一種藝術性的人生，它要講的也是一種高度的感性能力。藝術人生，是感性能力的表現型態之一，中國的藝術精神，從道家，特別是從《莊子》思想開創出來的型態，影響著文化、文學、藝術，乃至生命情調、生命價值的表現，具有相當程度的「典範」意義。這種「典範」，使用特定的「語言」，以一種感知生命價值的思想模式傳播著。這種思想語言，要求人們透過「意識」覺知生命主體，莊子稱之為「真君」、「真宰」，而走上這條感知生命價值的路，就是體「道」之路，如此，生命型態也就表現為和諧，能感受生命的美好，進而豐富生命、創造價值。

9　黑格爾（Georg Wilhelm Friedrich Hegel，1770-1831）說：「東方（主要指中國）所強調和崇敬的往往是自然界的普遍的生命力，不是思想意識的精神性和威力，而是生殖方面的創造力。」《美學》卷三（上）（臺北市：商務出版社，1982 年），頁 40。

10　從機械論（唯物論）到生機論（生命力），到量子力學、渾沌理論，向內探索生命能量的科學研究趨勢，可說明這種「轉向」的現象。

　　然而，受到西方理性思維的教育訓練影響，我們談莊子思想，也要透過科學語言來轉譯莊子的感性思想，特別是量子力學與療癒思想，才能比較具體地把莊子語言說得清楚。但是我們相信，在不久的將來，人們也能發展出「感性語言」，與「邏輯語言」並用並存吧！

　　本書第五、六章，分別以莊子「心齋」思想、〈養生主〉四則寓言為主，講提升「意識」的重要性。提升「意識」，必須從「感受」出發，從「感受能力」到感性，進而與高層自我連結，達到高度感性，這是一條流向永恆的生命長河，它不是你或我單獨個人所能匯流的，也不是天賦異稟者、知天機者的獨享權利，生命之河是涓滴匯合、從古老到現在、乃至未來……。培養這種「活潑潑的心」，不為現象、形式與潮流拘限、桎梏的感性，它必須從「感受能力」培養起，而《莊子》的語言與故事，能提供這種深化學習與理論探索的寶貴材料。

（四）為什麼「感受能力」如此重要？

　　我們相信：信任與相信，是學習的第一步；在日常生活中「發現」規律，在「發現」中擁有感動，體驗「真實」價值的方

法，可以是簡單的。

　　我們深切體認，沒有「感受」，無法在心中建立價值；沒有「感受能力」，無法建立「價值體系」，學習，就沒有了依歸，就流於支離破碎，一經外力摧拉，心靈堡壘就要四分五裂了。有了這樣的體認，那麼，相信與信任「感受學習」就會變得簡單。

　　情境感受學習，乃涵蘊體驗學習的精神，萬事萬物，都要在心中有了相應，有了感受，才會有意義與價值；相反地，感受，也必須在外境互動中激盪心志，在不斷地充實、過濾、沉澱過程中，感知天地萬物的美好。如此培養的「感受能力」，是真實、善良的，進而我們能體會提升意識的重要性，並且朝此方向努力邁進。這就好像我們融入在天地大化的流動中，則生命時時充滿喜悅，春萌、夏發、秋洩、冬藏，善夭、善老、善終、善始，當生命感提升，體會的喜悅也越豐富。生命感不再淤滯，血氣也越發通暢，創造力也見提升。培養「感受能力」，好處實在多多。

五　國文課程培養「感受能力」的簡易要領

　　以古典理論為「心」、創新教學為「體」，心與身體同等重要，它們是形式的不同面向，本質是「人」，是具有活潑潑心的

「全人」。課程設計的初衷與效益的評估，都須以此為衡量標準。

　　現在來說說學習的重要工具——語言文字，其與感受學習的關係。無論是英文（拼音系統）或中文（圖像），都是左腦思考的產物，書寫如果沒有意識到「真實善良」的原則，很容易陷入語言的歧異，即，吾人可能在無意的情形下寫了或者說了不該說的話，或者，想要「這樣」表達，可是卻讓人誤解成「那樣」；同樣，教師批閱學員作業或聆聽他們的表述，也會出現教師與學員各說各話，彼此沒有交集的情況。比如：學員可能表述「同學的爸爸是將軍」、「同學的媽媽很漂亮」，教師可能會理解成：「這個學員勢力心重」或「他可能不喜歡自己媽媽的長相」、「也許他骨子裏不喜歡自己」，當心中浮現這種「論斷語言」時，最好的方法就是回歸感性，讓「論斷語言」沉澱消失，感受生命體一呼一吸的脈動，感受包容與慈愛的溫暖，再運用語言文字表達出對這位學員書寫內容的「感受」，給予評語，而非評論。

　　這也是感受書寫的最大特色。我們會「發現」，語言文字將只是中介，它不再左右我們的情緒與行為，說真話就是如此簡單、平凡，而不必花心思揣測「上意」。改變過去以「思考」為主體的學習模式，將「感受」提升到學習的主體，讓「思考」從屬於「感受」，這是一種「感性回歸」的過程，同時也是轉化，

相當程度的提升意識的必要過程。當教師自身提升意識的同時，他也就扮演著「吸引子」的角色，學員在吸引力原則下，也改變了習性，提升了意識。

當我們鼓勵學員說真話、說感受時，教師扮演的角色就是包容與慈愛者，學員拋出來的語言文字都只是中介，真意永遠藏在語言背後，此時教師只需要不斷回歸感性，就可以成功扮演「吸引子」，讓教學現場充滿高品質能量，沒有批判，只有聆聽與感受……，這時候將形成一個「場域」，感染學員，教學現場的情境學習於焉成形。

學員在此氛圍中感受，心中浮現種種場景，此時學員們書寫，都能援筆立就，因為不必顧忌，只是將心中感受寫出來，即使寫負面情緒，也會在書寫過程中拋卻，轉為平靜，這也是學員們回饋常說：「在這個時候，心可以好好靜下來。」的原因[11]。

前面提到，情境感受學習法的主體是「感受」，「思考」從屬於「感受」，這種學習法，目的是培養超越二元對立的思考模式，亦即，放下「對、錯」、「是、非」、「美、醜」、「善、惡」、「貴、賤」的因果邏輯思考，交給心與身體來感受，如果我們被

11　見本書第四章第參節四（二）3，頁 117-118。

二元對立的思考模式掌控，身體必然是僵硬的、情緒澎湃紊亂的，只有回歸感受，讓我們的身體柔軟，讓我們感受一呼一吸的生命脈動，「心」平靜之後的「出發」，思考將不再囿於二元對立，僵局立解，或者局面將順勢開出一條路，引領我們正向思考、積極作為。

最終，我們要說，「以學生為中心」並非將教育主導權交給學生，而是教師應該當一個高能量的「吸引子」，或者說是「隱藏版的教師」，引導學生「回歸感性」，讓他們體悟：生命的答案不在紛擾的外在，向內感受，才是學習動力的根源。學習成果良好者，也成為高能量吸引子，持續影響更多人，如此，「情境感受學習」的效益，可說是積極而顯明的。

語文教學叢書 1100011

國文課程的古典與創新：感受學習法的理論與實踐

作　　者　林靜茉
責任編輯　吳家嘉

發 行 人　陳滿銘
總 經 理　梁錦興
總 編 輯　陳滿銘
副總編輯　張晏瑞
編 輯 所　萬卷樓圖書股份有限公司
排　　版　菩薩蠻數位文化有限公司
印　　刷　百通科技股份有限公司
封面設計　菩薩蠻數位文化有限公司
發　　行　萬卷樓圖書股份有限公司
　　　　　臺北市羅斯福路二段 41 號 6 樓之 3
　　　　　電話 (02)23216565
　　　　　傳真 (02)23218698
　　　　　電郵 SERVICE@WANJUAN.COM.TW
大陸經銷　廈門外圖臺灣書店有限公司
　　　　　電郵 JKB188@188.COM

ISBN 978-957-739-949-6
2015 年 8 月初版一刷

定價：新臺幣 320 元

如何購買本書：
1. 劃撥購書，請透過以下郵政劃撥帳號：
　　帳號：15624015
　　戶名：萬卷樓圖書股份有限公司
2. 轉帳購書，請透過以下帳戶
　　合作金庫銀行 古亭分行
　　戶名：萬卷樓圖書股份有限公司
　　帳號：0877717092596
3. 網路購書，請透過萬卷樓網站
　　網址 WWW.WANJUAN.COM.TW
大量購書，請直接聯繫我們，將有專人為
您服務。客服：(02)23216565 分機 10

如有缺頁、破損或裝訂錯誤，請寄回更換
版權所有·翻印必究
Copyright©2014 by WanJuanLou Books CO., Ltd.
All Right Reserved　　　　　Printed in Taiwan

國家圖書館出版品預行編目資料

國文課程的古典與創新：感受學習法的理論與
實踐 / 林靜茉著.
　-- 初版. -- 臺北市 ： 萬卷樓, 2015.08
　　面 ；　　公分. -- (語文教學叢書)
ISBN 978-957-739-949-6 (平裝)
1.國文科 2.語文教學 3.課程研究
820.33　　　　　　　　　　　　104015376